소중한 _____ 에게

_____ 가(이) 선물합니다.

_____

장발장

빅토르 위고 지음

1802년 프랑스 브장송에서 태어난 위고는 1817년 아카데미 프랑세즈 콩쿠르와
1819년 툴르즈 아카데미 콩쿠르에 시가 입상되면서 작품 활동을 시작했습니다. 그 이후 시집
「오드와 잡영집」「동방 시집」, 소설 「아이슬란드의 한」, 희곡 「크롬웰」 등을 발표하면서 작가로서의
자리를 잡아 나갔습니다. 한때 정치에 관심을 쏟기도 했으나 루이 나폴레옹(나폴레옹 3세)이 쿠데타로
제정을 수립하려 하자 이를 반대하다 추방되어 망명길에 올랐습니다. 벨기에를 거쳐 영국 해협의
저지섬과 간디섬에서 보낸 19년간의 망명 기간 동안 「징벌 시집」「정관 시집」「여러 세기의 전설」 등의
시집과 장편 소설 「장발장(레 미제라블)」「바다의 노동자」「웃는 사나이」 등을 차례로 발표했습니다.

강정규 엮음

「소년」과 「현대문학」에 동화와 소설이 추천되어 문단에 나왔으며,
방정환문학상 · 대한민국문학상을 받았습니다. 현재 계간 문예지 「시와 동화」
주간 겸 발행인으로 일하고 있습니다. 그동안 펴낸 책으로 「작은 도둑」
「별이 된 다람쥐」「다섯 시 반에 멈춘 시계」「큰 소나무」「청거북 두 마리」
「작은 학교 큰 선생님」「돌이 아버지」「짱구의 일기」 등이 있습니다.

2025년 03월 15일 2판 18쇄 **펴냄**
2011년 08월 10일 2판 1쇄 **펴냄**
2004년 05월 01일 1판 1쇄 **펴냄**

펴낸곳 (주)효리원
펴낸이 윤종근
지은이 빅토르 위고
엮은이 강정규 · **그린이** 손창복
등록 1990년 12월 20일 · **번호** 2-1108
우편 번호 03147
주소 서울시 종로구 삼일대로 457, 406호
전화 02)3675-5222 · **팩스** 02)765-5222

ⓒ2004 · 2011, (주)효리원

잘못 만들어진 책은 구입하신 서점에서 바꾸어 드립니다.
ISBN 978-89-281-0115-3 64860

이메일 hyoreewon@hyoreewon.com
홈페이지 www.hyoreewon.com

장발장

빅토르 위고 지음
강정규 엮음 / 손창복 그림

효리원
hyoreewon.com

『장발장』은 프랑스의 대작가 빅토르 위고가 쓴 작품입니다. 이 책의 원래 제목은『레 미제라블』입니다. 이는 '비참한 사람들'이라는 뜻이지요.

이야기는 주인공 장발장이 배고픔을 이기지 못하고 빵 한 조각을 훔치는 데서부터 시작됩니다. 장발장은 그 빵 한 조각 때문에 무려 19년 동안이나 감옥 생활을 하게 되지요.

감옥에서 나온 뒤에도 세상 사람들은 그를 멸시하고 냉대합니다. 그런 까닭에 장발장의 가슴속에는 남을 원망하고 미워하며 복수하려는 마음만 남게 되지요.

마땅한 잠자리조차 없어 거리를 헤매는 장발장을 만난 미리엘 신부는 거짓 없는 따뜻한 마음으로 그를 대합니다. 장발장은 당연히 감사한 마음을 갖게 되지요. 하지만 그는 다음 날 새벽, 은그릇을 훔쳐 달아납니다.

얼마 가지 못해 다시 경찰에 잡힌 장발장에게 미리엘 신부는 화를 내기는커녕, 그 은그릇은 자기가 선물한 것이라고 말합니다. 게다가 은촛대는 왜 가져가지 않았느냐고까지 하지요.

장발장은 미리엘 신부의 깊은 사랑에 감동합니다. 그리고 자신의 배은망덕함을 크게 뉘우치지요. 그 후 새로운 사람으로 다시 태어난 장발장은 많은 이들에게 사랑을 베푸는 사람이 됩니다.

장발장은 처음부터 매우 외로운 사람이었습니다. 친구 하나 없는 사람이었습니다. 그래서 마들렌이란 가짜 이름으로 시장 자리에 있을 때도 그의 정체를 아는 사람은 아무도 없었지요.

코제트는 그런 장발장의 마음에 '사랑'을 싹틔웁니다. 그래서 코제트는 장발장에게 가장 소중한 존재가 되지요. 세월의 흐름과 함께 장발장은 코제트를 더욱 사랑하게 되고, 가족이라는 존재가 어떤 것인지도 알게 됩니다.

미리엘 신부의 사랑은 악의 구렁텅이로 빠지려던 장발장의 인생을 완벽하게 변화시켰습니다. 사랑은 이처럼 엄청난 힘을 갖고 있답니다.

이 책을 읽은 모든 어린이들이 미리엘 신부와 같이 타인을 사랑하는 마음을 갖게 된다면 세상은 더욱 아름다워질 것입니다.

사랑이란, 마음에서 마음으로 퍼져 나가는 동심원과 같은 것이니까요.

엮은이 강정규

차례

수상한 사람

　1815년 10월, 프랑스 동남부에 위치한 프로방스 지방의 디뉴라는 작은 마을에 한 사나이가 나타났다. 마흔다섯 남짓 되어 보이는 이 사나이는 중간 키에 우람한 몸집을 가지고 있어 힘깨나 쓰는 사람 같았다. 머리카락과 텁수룩한 수염엔 먼지가 잔뜩 달라붙어 있어 무척 지저분해 보였다.

　게다가 다 해진 윗도리와 새끼줄처럼 꼬인 넥타이, 무릎이 닳아 구멍난 바지……. 그리고 차림새에 어울리는 꺼칠한 그의 얼굴은 몹시 지쳐 보였다.

　사나이는 주변을 두리번거리다가 한 음식점으로 들어갔다.

　"식사를 한 뒤, 하룻밤 묵을 수 있습니까?"

사나이가 물었다.

"네, 어서 오십시오!"

주인이 주방에서 큰 소리로 대답을 했다.

사나이는 배낭을 바닥에 내려놓고 난롯가에 앉았다.

"식사는 뭘로 하시겠습니까?"

주방에서 나온 주인이 사나이의 차림을 훑어보며 물었다.

"따뜻한 음식이면 아무거나 괜찮습니다."

사나이는 몹시 지친 목소리로 대답했다.

"잠시 기다리세요."

주인은 건성으로 대답하더니 심부름하는 아이를 불러 귓속말을 했다. 아이는 살그머니 문을 열고 어딘가를 향해 달려갔다.

주방으로 들어간 주인은 음식을 준비하지 않고 사나이를 흘낏흘낏 바라보고만 있었다.

"배가 고픈데, 아직 멀었습니까?"

한참을 기다려도 음식이 나오지 않자 사나이가 물었다.

"곧 나옵니다. 잠시만 기다리십시오."

주인의 대답은 거짓말이었다.

잠시 후, 심부름 갔던 아이가 숨을 헐떡이며 들어왔다. 그러고는 주인에게 종이 쪽지 하나를 건넸다.

메모를 본 주인은 놀란 눈으로 사나이를 바라보았다.

"나가 주시오!"

"뭐라고요?"

사나이가 주인을 쳐다보며 물었다.

"미안하지만 당신에게 음식을 팔 수도, 잠자리를 제공할 수도 없습니다. 그러니 지금 당장 나가 주시오."

"내가 돈을 못 낼 것처럼 보입니까?"

"돈 때문이 아닙니다."

"아니, 그럼 대체 무엇 때문입니까?"

사나이가 자리에서 벌떡 일어나 조금 큰 소리로 물었다.

그러자 주인은 대답을 못 하고 우물쭈물했다.

"왜냐하면 저……, 그게…….."

"난 지금 몹시 배가 고파요. 하루 종일 굶었단 말이오!"

"곤란합니다."

주인은 쌀쌀맞게 대답했다.

"돈은 충분히 드릴 테니 뭐라도 좀 주시오."

그러나 주인은 매서운 눈으로 사나이를 바라보면서 종이 쪽지를 건넸다.

"어서 나가시오!"

쪽지를 받아든 사나이의 얼굴이 굳어졌다. 쪽지에는 사나이의 이름이 장발장이며, 19년 동안 툴롱 감옥에서 지내다 나흘 전에 나왔다고 적혀 있었다.

장발장은 어린 나이에 부모님을 잃고 과부인 누나와 살았다. 누나는 자식이 일곱이나 있었고, 몹시 가난했다. 그래서 장발장은 어릴 때부터 돈을 벌어야 했다. 일거리가 없는 겨울이면 장발장과 가족들은 굶주림과 추위에 시달렸다.

그해 겨울은 더 혹독하게 추웠다. 장발장의 집에는 빵 부스러기 한 조각도 없어 어린 조카들이 며칠째 굶고 있었다.

어느 날 저녁이었다. 빵집 주인은 가게 유리창이 깨지는 소리에 화들짝 놀랐다. 팔 하나가 쑥 들어와 빵을 훔치는 것이었다. 주인은 고래고래 소리를 지르며 뛰쳐나갔다. 지나던 사람들이 도둑을 잡았다. 그가 바로 장발장이었다.

그는 '빵 한 개 훔친 죄'로 징역 5년을 선고받았다. 총을 가지고 있었기 때문에 죄가 커졌다. 당시 프랑스에서는 허락을 받지 않고 총을 가지고 다니면 벌을 받았다. 그러나 장발장은 먹을 것을 마련하기 위해 몰래 사냥을 하고 다녔으므로 총을 지닐 수밖에 없었다.

그날도 사냥을 나갔다가 빈손으로 돌아오는 길에 자신도 모르게 도둑질을 했던 것이다. 장발장에게는 굶주리고 있는 조카들에게 줄 빵이 무엇보다 중요했기 때문이었다.

장발장은 툴롱에 있는 감옥에 갇혔다. 그는 감옥에서도 가족들 생각에 마음이 놓이지 않았다.

감옥에 갇힌 지 4년째 되던 해, 장발장은 감옥에서 탈출했다. 그는 남들보다 힘도 세고, 4층 정도 되는 건물 벽을 올라갈 정도로 날쌨기 때문에 탈출할 수 있었다. 그러나 그것도 하루를 넘기지 못했다. 다시 잡힌 장발장은 도망쳤던 죄로 감옥형이 3년 더 늘어났다. 그 뒤로도 세 번이나 탈출하려고 했지만 매번 붙잡혔고, 결국 19년 동안 감옥에 갇혀 지내게 되었다.

감옥에 들어갈 때 장발장은 착한 청년이었다. 그러나 감옥에서 19년이라는 세월을 지내는 동안 그의 머릿속은 온통 세상에 대한 분노로 가득 차게 되었다. 배고픔을 이기지 못해 죽어 갔을 조카들, 그리고 빵 한 조각 때문에 오랜 세월을 감옥에서 살아야 했던 그는 매정한 세상을 원망하게 되었다.

사나이는 배낭을 짊어지고 말없이 음식점을 나왔다. 은행잎이 바람에 휘날리고 있었다. 그는 정처 없이 걷다가 대성당 광장에 이르렀다. 그 광장 모퉁이에 돌 벤치가 있었다. 그는 거기에 짐 짝처럼 쓰러졌다.

그때 점잖은 노부인이 성당에서 나오다가 어둠 속에 웬 사내 가 누워 있는 것을 보고 물었다.

"여기서 뭘 하세요?"

"보시다시피 다리 뻗고 자려는 참이오!"

"바닥이 차가울 텐데요?"

"나는 19년 동안이나 마룻바닥에서 지냈습니다."

"왜 여관에 가지 않는 거죠?"

"여관에도 선술집에도 가 보았지만 모두 거절당했지요."

"저 집엔 가 보셨나요?"

"아뇨."

"그럼 저 집에 한번 가 보시구려."

노부인은 장발장이 불쌍하다는 듯 혀를 끌끌 차더니 광장 건 너편으로 사라졌다.

미리엘 신부와 은촛대

그 집에서는 따스한 불빛이 새어 나오고 있었다. 불빛을 보자 음식을 먹을 수는 없더라도, 따뜻한 곳에서 몸이라도 녹이고 싶은 생각이 간절했다.

그 집은 미리엘 신부가 사는 곳이었다. 10여 년 전에 이곳 성당으로 부임해 온 미리엘 신부는 일흔다섯 살의 늙은 신부였다. 하지만 그는 나이보다 젊어 보였다. 웃으면 새하얀 이가 가지런히 드러나고 눈매가 아이처럼 순수해 보였다. 그는 여동생과 하녀 마글루아르와 함께 살고 있었다.

그는 성당에서 나오는 월급을 모두 가난한 사람들에게 나누어 주고 매우 검소한 생활을 했다. 디뉴에서 그를 존경하지 않는 사람은 없었다. 또한 문은 언제나 열려 있어서 지나가는 나그네라 할지라도 마음대로 들어가 쉴 수 있었다. 여동생과 하녀는 그것이 항상 불안했다.

하녀는 식사 준비를 하며 심각하게 말했다.

"신부님, 저녁때 시장에서 들은 이야기인데요, 우리 동네에 전과자가 나타났대요. 감옥에서 나온 지 며칠 안 되는 사람이라던데, 오늘은 문을 잠가야겠어요."

"그래요?"

신부는 대수롭지 않게 대답했다.

그 말이 끝나기가 무섭게 문 두드리는 소리가 들렸다.

"들어오십시오."

신부가 문을 열며 주저하지 않고 말했다.

문 앞에는 장발장이 서 있었다.

여동생과 하녀는 숨을 죽이고 그를 바라보았다.

"저는 장발장이라고 합니다. 19년 동안 툴롱 교도소에 있다가 나흘 전에 풀려났습니다. 그런데 시청에서 준 노란 통행증(죄수라는 표시) 때문에 여관이고 음식점이고 아무 데서도 받아 주질 않습니다. 돈은 충분히 드릴 테니 먹을 것을 좀 주시고, 하룻밤만 재워 주십시오."

그의 이야기를 가만히 듣던 신부는 하녀에게 한 사람 분의 음
식을 더 준비하라고 일렀다.

장발장은 믿어지지 않았다.

"저는 감옥살이를 하고 막 나온 전과자입니다. 그래도 괜찮다
는 말씀입니까?"

그는 신부에게 통행증을 보여 주며 다시 말했다.

"그런 건 상관 없습니다. 추위에 떨었을 텐데 식사가 준비될
때까지 이리 와서 몸을 녹이십시오."

미리엘 신부는 난롯가로 장발장을 안내하며 말했다.

넋이 나간 듯 보고만 있던 하녀는 주방으로 가서 식사를 준비
했다. 여동생도 두려운 마음은 여전했지만 그냥 잠자코 있었다.

장발장은 신부가 권하는 의자에 앉으면서 몸을 부르르 떨었
다. 이토록 따뜻하게 자신을 맞아 주는 사람이 있다는 것이 너
무나 놀랍고 고마웠기 때문이었다.

"당신은 참 친절하시군요. 돈은 틀림없이 드리겠습니다."

"아닙니다. 돈은 필요 없습니다. 그런데 19년 동안이나 감옥
에 갇혀 있었단 말입니까?"

"네."

"참으로 긴 세월 동안 어두운 생활을 하셨군요. 쯧쯧……."

신부는 장발장이 안쓰러운지 혀를 찼다.

"신부님, 식사 준비가 다 되었습니다."

하녀가 와서 이르자, 두 사람은 식탁에 가 앉았다.

"램프가 어둡군요."

신부가 한 마디 하자, 하녀가 식탁 위에 은촛대 두 개를 세우고 불을 밝혔다.

"감사합니다. 저 같은 전과자에게……."

"이 집에 들어오는 사람은 신분이 무엇인지 밝힐 필요가 없습니다. 괴로운 일이 있으면 털어놓고 가벼운 마음이 되기를 바랄 뿐입니다. 이 집은 예수 그리스도의 집입니다. 그러니 주님께 감사하십시오."

식탁에는 빵, 양고기, 수프, 치즈 등 여러 가지 음식이 차려져 있었다. 식탁을 훑어보던 신부가 하녀를 불렀다.

"한 가지가 빠졌군요."

하녀가 금세 알아차리고서 은그릇을 꺼냈다. 은그릇은 귀한 손님이 올 때만 사용하는 것이었다.

"시장하실 텐데, 어서 드십시다."

신부는 그제서야 만족스러운 표정으로 감사 기도를 드린 뒤, 음식을 먹기 시작했다. 장발장은 몹시 배가 고팠기 때문에 허겁

지겁 먹었다. 그는 식사를 하면서 눈부시게 빛나는 은촛대와 은그릇을 바라보곤 했다.

식사를 마친 뒤, 신부는 장발장을 손님용 침실로 안내했다.

두 사람의 손에는 은촛대가 하나씩 들려 있었다. 신부를 따라 걷고 있던 장발장은 하녀를 보았다. 그녀는 깨끗하게 닦은 은그릇을 찬장에 넣고 있었다.

"자, 여기서 편히 쉬십시오."

침실 문을 열고 신부가 말했다.

"정말 고맙습니다."

푹신하고 깨끗한 침대 위에 반듯하게 접혀 있는 잠옷 한 벌이 놓여 있었다.

"내일 아침에는 따뜻한 우유를 드리겠소. 아무 걱정 말고 푹 주무십시오."

"고맙습니다. 신부님도 안녕히 주무십시오."

신부가 나가자마자 장발장은 감옥에서 하던 버릇대로 콧김으로 거칠게 촛불을 끄고, 침대에 몸을 던져 정신 없이 곯아떨어졌다.

새벽 2시를 알리는 벽시계 소리에 장발장은 눈을 떴다. 다시 눈을 감았으나 쉽게 잠이 오지 않았다. 어둠 속에서 이런저런 생각을 하던 장발장은 문득 조금 전의 일들이 떠올랐다. 맛있는 저녁 식사, 훌륭한 은촛대와 은그릇이 눈앞에 어른거렸다.

그것들을 가지고 나가 팔면 적어도 200프랑은 받을 수 있을 것이다. 그것은 바로 옆방의 찬장 안에 있었다.

그는 배낭 안에서 묵직한 쇠막대를 꺼내 신부가 자는 방으로 조심스럽게 갔다. 마침 창으로 비쳐 들어오는 달빛이 신부의 얼굴을 부드럽게 감싸고 있었다.

평온하게 잠자는 신부의 모습이 드러났다.

장발장은 쇠막대를 꽉 쥐고 핏발 선 눈으로 신부를 내려다보았다. 신부는 의심이나 불안 따위는 없다는 듯 천사와도 같은 모습으로 평화롭게 잠들어 있었다.

장발장은 고개를 돌리고 찬장으로 다가갔다. 그리고 은그릇을 꺼내 조심스럽게 배낭 속에 집어넣었다. 발꿈치를 들고 조심조심 정원으로 나온 장발장은 훌쩍 담을 넘었다.

다음 날, 미리엘 신부가 한가롭게 정원을 거닐고 있는데 하녀의 비명 소리가 들려왔다.

"신부님! 은그릇이 없어졌어요. 어제 쓰고 나서 찬장에 분명히 넣어 뒀는데……. 그 사람도 사라졌어요. 그 사람이 훔쳐 간 게 틀림없어요!"

하녀가 호들갑스럽게 말했다.

"대체 은그릇이 누구 것인데 그리 야단인 게요? 그 은그릇이 처음부터 우리 것이었다고 말할 수 있을까요?"

신부가 나무라자 하녀는 얼굴이 붉어졌다.

그때 밖에서 웅성거리는 소리가 들리더니 누군가 문을 두드렸다. 문을 열고 보니 헌병 세 사람이 장발장의 두 팔을 양쪽에서 꼭 붙잡고 서 있었다. 헌병들은 의기양양했고, 장발장은 몹시 굳은 표정이었다.

"신부님, 이 사람이 수상해서 배낭을 뒤져 보니……."

헌병 한 사람이 이렇게 말하자, 신부가 그의 말을 잘랐다.

"아, 난 또 누구신가 했군요. 마침 잘 왔소. 은촛대는 왜 두고 가셨소? 그것도 가져가라고 했는데."

신부가 둘러 댔다.

장발장은 말없이 신부를 바라보기만 했다.

"배낭에 들어 있는 은그릇이 신부님이 쓰시는 물건인 것 같아 끌고 왔는데……."

헌병들은 어리둥절해 맥이 풀리는 것 같았다.

"당신들이 오해를 했군요. 그 은그릇은 내가 이 사람에게 주었소. 당신들 덕분에 은촛대마저 줄 수 있게 되었으니 고맙구려."

"그럼, 이 사람을 놓아 주어도 되는 겁니까?"

"그렇소. 그러니 이제 돌아들 가십시오."

헌병들은 못 믿겠다는 듯 고개를 갸우뚱거리면서도 어쩔 수 없이 발길을 돌렸다.

장발장은 헌병들이 돌아가자 그 자리에 주저앉았다. 헌병들에게 붙잡혀 이곳에 끌려오면서 그는 '이제 죽을 때까지 감옥에 갇혀 살아야 하는구나.' 생각했던 것이다.

신부는 장발장의 두 손을 따뜻하게 잡으며 나직하고도 엄숙하게 말했다.

"이것들은 당신이 참된 길을 걷는 데 써 주십시오. 당신이 착하고 바르게 살면서 사랑을 베풀 줄 아는 사람이 되기를 바라겠소. 잊지 마십시오. 당신을 위해 기도하겠소."

마들렌, 시장이 되다

"불이야! 불이야!"

1815년 12월 어느 날 저녁, 파리 북쪽에 있는 몽트레유 쉬르메르 거리에 있는 헌병대 사무실에서 불이 났다.

"우리 아이들! 아이들이 저 안에 있다!"

헌병 대장이 거센 불길 때문에 건물 안으로 들어가지도 못하고 미친 듯이 울부짖고 있었다.

3층 건물인 헌병대 사무실 위로 시뻘건 불길이 치솟고 있었다. 사람들은 활활 타오르는 불을 보면서 발만 동동 구를 뿐이었다. 검은 연기가 하늘을 뒤덮어 주위는 한 치 앞도 볼 수 없을 지경이었다.

바로 그 순간, 한 사나이가 불 속으로 뛰어 들어갔다. 사람들은 그의 용기에 박수를 보내면서도 과연 그가 살아 나올 수 있을까 가슴을 졸이며 지켜보고 있었다.

잠시 후, 그 사나이가 한 아이는 가슴에 끌어안고, 또 한 아이는 등에 업은 채 모습을 드러냈다.

한 아이는 헌병 대장의 아들이었다. 사나이는 뭇 사람을 감탄시키기에 충분할 만큼 용감했으므로 금세 널리 알려졌고, 그 덕분에 통행증 제시를 요구하는 헌병들도 없게 되었다.

사람들은 그가 누구인지 알고 싶어 했다. 그의 이름은 마들렌이라고 했다. 다행스럽게 노란색 통행증을 숨길 수 있게 된 그는 장발장이라는 이름을 감추기로 한 것이다.

그렇게 해서 장발장의 신분은 전혀 알려지지 않았다. 나이는 쉰 살 가량이고, 언제나 생각에 잠겨 있는 듯한 얼굴에 친절한 사람이라고 알려져 있을 뿐이었다.

그 도시에는 예로부터 검은 구슬을 만드는 공장이 많았다. 살길을 찾던 마들렌은 구슬 공장에 들어가 얼마간 일을 하다가, 스스로 공장을 갖게 되었다. 그러나 구슬 만드는 데 드는 재료비가 워낙 비싼 데다가 높은 임금을 지불해야 했기 때문에 큰 이익을 내지 못했다.

마들렌은 궁리를 거듭한 끝에 검은 구슬을 손쉽게 생산해 내는 방법을 고안했다. 원료를 보다 값싼 것으로 바꾸고, 구슬 연결 부분을 하나씩 용접하지 않고 쇠고리를 이용해 간단하게 끼우는 방법이었다.

그렇게 해서 원료비를 크게 줄여 품삯을 높일 수 있었고, 많은 물건을 싸게 팔아 높은 수입을 올릴 수 있게 되었다. 마들렌의 공장은 날이 갈수록 번창했다. 3년이 지나면서부터는 그 도시에서 제일 가는 부자가 되었다.

부자가 된 마들렌은 가난한 사람들을 위해 100만 프랑을 자선 기금으로 내놓았다. 그러고도 63만 프랑이나 되는 엄청난 돈을 은행에 예금할 수 있었다.

그 이후에도 마들렌은 돈을 버는 대로 학교를 세우고, 노인들이 편히 쉴 수 있는 시설을 만들었으며, 돈을 내지 않고도 치료받을 수 있는 병원을 지었다. 사람들은 차츰 그를 존경하고 따르게 되었다.

그러던 어느 날이었다. 마들렌이 거리를 지나가고 있는데 어디선가 노인의 신음 소리와 함께 사람들이 웅성대는 소리가 들렸다. 마들렌은 소리가 나는 쪽으로 뛰어갔다.

사람들이 커다란 짐마차를 둘러싸고 있는 것이 보였다. 마들

렌은 사람들 틈을 비집고 들어가 보았다. 말이 끌고 가던 짐마차가 넘어져 있었고, 그 밑에 노인이 깔려 있었다.

그는 포슐르방이라는 노인이었다. 그 노인은 마들렌을 몹시 미워하는 사람이었다. 그는 이 도시에서 잔뼈가 굵은 사람으로, 마들렌이 나타나기 전까지는 구슬 공장을 하여 많은 돈을 벌었다. 하지만 마들렌이 구슬 만드는 방법을 새롭게 발명하자, 그 노인은 공장 문을 닫고 파산했던 것이다.

짐마차에 깔린 포슐르방은 꼼짝도 하지 못하고 신음 소리만 내고 있었다.

"기중기가 필요합니다!"

마들렌이 사람들을 보고 다급히 말했다.

"좀 전에 가지러 갔습니다."

옆에 있던 한 농부가 말했다.

"가져오는 데 시간이 얼마나 걸립니까?"

"15분 정도 걸립니다."

"15분이나!"

마들렌은 고개를 저었다.

비가 온 뒤여서 땅이 질퍽거렸다. 말이 자꾸 움직이는 바람에 마차 바퀴는 점점 진구렁 속으로 들어가고 있었다.

"이러다가는 큰일나겠어요. 하지만 기중기가 오기 전에는 손을 쓸 방법이 없군요."

"그러게 말이야. 기중기가 올 때까지 저대로 있다간 노인의 갈비뼈가 다 으스러질 텐데."

사람들은 안타까워하면서도 쉽게 나서지 못하고 있었다.

"누군가 마차를 등으로 밀어 올려야 해요. 그렇게 해 줄 사람 없소? 내가 사례는 충분히 하겠소."

마들렌이 사람들을 둘러보며 말했다.

"어휴, 저 마차를 밀어 올릴 사람이 어디 있겠소?"

"웬만한 장사가 아니면 꿈도 못 꿀 일이지."

사람들은 서로 얼굴을 마주 보며 혀만 끌끌 찰 뿐 아무도 나서지 않았다.

그때였다. 아까부터 마들렌을 뚫어져라 바라보고 있던 한 사나이가 말했다.

"저 마차를 들어올릴 사람을 알고 있소. 그 사람은 툴롱 감옥에 있던 죄수입니다."

고개를 돌려 사나이와 눈이 마주친 마들렌은 몹시 당황했다.

그는 다름 아닌 자벨 형사였다. 자벨은 마들렌, 즉 장발장이 툴롱 감옥에 있을 때 그곳에서 근무하던 형사였다. 얼마 전 이곳으로 전근을 온 그는 마들렌을 보고 첫눈에 장발장이 아닐까 의심했다.

마들렌은 순간적으로 당황했지만 곧 태연한 척했다.

"아, 숨이 막혀! 나 좀 살려 줘! 제발……."

포슐르방이 외쳤다.

"마차를 들어 올릴 사람 없소?"

마들렌은 다시 한 번 사람들을 둘러보며 물었다.

"기중기 역할을 할 사람은 그 죄수밖에 없다니까요."

자벨은 여전히 마들렌을 쏘아보며 큰 소리로 말했다. 마들렌의 정체를 정확히 짚어 보고 있었던 것이다.

마들렌은 잠시 망설이다가 직접 마차 밑으로 들어갔다. 사람들은 숨을 죽인 채 그를 지켜보았다. 마차 밑으로 들어간 그는 엎드린 자세로 두 팔과 두 무릎에 힘을 주어 등으로 마차를 밀어 올리려 했다. 하지만 마차는 꼼짝도 하지 않았다.

"오, 마들렌 씨! 나는 어차피 죽을 몸이니 내버려 두시오. 그러다 당신마저 죽을 거요."

포슐르방은 그동안 까닭 없이 미워했던 마들렌이 자신의 목숨을 구하기 위해 마차 밑으로 들어오자, 부끄러움과 미안함으로 어찌할 바를 몰랐다.

마들렌의 귀에는 노인의 목소리가 들리지 않았다. 오직 있는 힘을 다해 마차를 밀어 올리려 애를 쓸 뿐이었다. 그의 얼굴은 땀과 진흙으로 범벅이 되어 있었다.

그때 거대한 마차가 삐그덕거리며 조금 움직이는 듯했다.

"좀 도와주시오!"

마들렌이 외치자 모든 사람들이 달려들어 마차를 들어 올리는 데 성공했다.

"살았다!"

마차 밑에서 기어 나온 마들렌은 기진맥진해 있었다.

그를 보고 사람들은 감동의 눈물을 흘렸다. 죽음의 문턱에서 되돌아온 포슐르방 노인은 그의 무릎에 입을 갖다 대며 인사를 했다.

"정말 고맙소!"

모든 사람들이 감격하여 마들렌에게 박수를 보냈다. 그러나 자벨은 팔짱을 낀 채 더욱더 의혹에 찬 눈초리로 마들렌을 바라보고 있었다.

마들렌은 포슐르방을 공장 안에 있는 진료소로 옮겨 치료를 받도록 했다. 며칠 쉰 포슐르방은 마들렌의 주선으로 파리에 있는 어느 수녀원의 정원지기로 일하게 되었다.

이 일로 마들렌은 더욱 많은 사람들에게 사랑과 존경을 받게 되었다. 그에 대한 소문은 널리 퍼지게 되었고, 소문을 들은 왕은 그에게 시장이 되어 달라고 부탁했다. 마들렌은 거절했지만, 시민들까지 간곡히 부탁하는 바람에 결국 시장이 되었다.

모든 사람들은 마들렌이 시장이 된 것을 기뻐했다. 하지만 자벨만은 그렇지 않았다. 그는 상관이 된 마들렌에게 업무를 보고할 때 외에는 그를 피했다.

마들렌이 시장으로 부임한 지 3년쯤 되는 해 겨울이었다. 그는 거리를 걷다가 우연히 자벨이 한 여인을 체포하는 것을 보게 되었다. 그 여인은 술 취한 남자에게 모욕을 당하자 그 남자에게 저항했을 뿐인데 행패를 부렸다는 이유로 잡혀가고 있었다. 마들렌은 그들의 뒤를 따라 사무실까지 들어갔다.

자벨은 서류를 작성하고 나서, 부하들에게 명령했다.

"6개월짜리야!"

"6개월이라고요?"

여인은 그만 바닥에 주저앉았다.

"아이고, 내가 무슨 죄를 지었다고 반 년이나 감옥살이를 해야 하나요?"

여인이 울부짖었다.

"죄가 없다고? 행패를 부렸잖아!"

자벨은 기가 막히다는 듯 말했다.

"나는 잘못이 없어요. 그 사람이 나를 이 빠진 할망구라고 조롱하면서 내 옷 속에다 눈덩이를 집어넣었단 말이에요. 그런 모욕을 당하고 가만히 있을 사람이 어디 있겠어요? 자벨 형사님, 제가 감옥살이를 하면 우리 코제트는 그 집에서 쫓겨날 거예요! 그 어린것이 어떻게 살아가겠어요? 제발, 살려 주세요!"

여인은 울면서 호소했지만 자벨은 들은 척도 하지 않고 부하에게 그 여인을 감옥에 처넣으라고 명령했다.

"잠깐!"

소리친 사람은 마들렌이었다.

"시장님께서 웬일이십니까?"

자벨은 마들렌을 보고 정중하게 인사했다.

그때 여인이 벌떡 일어나더니 다짜고짜 마들렌에게 달려들더니 소리쳤다.

"옳아, 네가 바로 시장이라는 작자로구나! 잘 걸렸다!"

여인은 큰 소리로 웃더니 마들렌의 얼굴에 침을 탁 뱉었다. 자벨과 그의 부하 직원들은 너무 놀라서 아무 말도 못 하고 그냥 서 있었다.

"자벨 형사, 이 여인을 풀어 주시오."

마들렌은 얼굴에 묻은 침을 닦으며 말했다.

"시장님, 그게 무슨 말씀입니까? 이 못된 여자는 선량한 시민을 모욕했습니다."

"나는 이 일에 대한 자초지종을 알고 있소. 잘못은 술 취한 남자에게 있소."

"그렇다 하더라도 저 여자는 지금 이 자리에서도 시장님께 침을 뱉었습니다. 이건 법에 대한 모독입니다."

자벨이 말하자 여인이 발끈해서 대들었다.

"악질 시장아! 내가 누군지 알아? 네놈 공장에서 일하다 억울하게 쫓겨난 사람이다! 딸 양육비를 대느라고 이빨까지 팔아치우면서 지금까지 일자리도 구하지 못하고 병만 얻었어. 열심히 일하는 사람을 쫓아낼 때는 언제고 이제 와서 날 도와주는 척해? 이 못된 인간아!"

마들렌은 그제서야 여인이 자기 얼굴에 침을 뱉은 까닭을 알았다. 여인은 앞니 두 개가 빠진 초췌한 모습이었다.

"빨리 풀어 주시오!"

마들렌은 위엄 있게 말했다.

"저는 제가 맡은 일에 어긋나는 행위를 하는 것이 아닙니다. 이 여인을 풀어 줄 수 없습니다."

자벨은 단호하게 말했다.

"내 말에 복종하시오."

"왜 그런 말씀을 하시는지 도무지 이해가 안 갑니다."

"상관의 명령을 거부하는 거요? 법에 의하면 이 사건의 판결자는 나요. 나는 이 여자의 석방을 명령하는 거요."

"그렇지만……."

"경고하겠소!"

마들렌이 차갑게 말하자, 자벨은 그만 질려서 어쩔 수 없다는 듯 여인을 풀어 주었다.

마들렌은 사무실 구석에 쪼그리고 앉아 있는 여인에게 다가가 정중하게 말을 건넸다.

"우리 공장에서 일을 하다 억울하게 쫓겨났다고 했는데, 자세한 이야기를 해 주시겠소?"

여인은 고개를 들지 않은 채 흐느끼고만 있었다.

"나는 당신이 해고당한 것을 몰랐지만, 어쨌든 우리 공장 종업원이 억울한 일을 당했으니 그것은 나의 책임이오. 남에게 빚을 지고 있다고 했지요? 빚도 갚고 딸도 데려와야지요. 사정이 딱한 것 같은데 내가 도와줄 테니 울지 말고 이야기를 해 보시오. 그렇게 하는 것이 나의 도리라고 생각합니다."

"정말이세요?"

여인은 고개를 들어 마들렌을 바라보더니 그만 무너져 버리듯 그 자리에 쓰러졌다. 마들렌은 여인을 흔들어 보았지만 여인은 깨어나지 않았다. 자세히 들여다보니 여인은 몸이 몹시 쇠약해져 있었다. 마들렌은 여인을 병원으로 데려 갔다.

한참 뒤에야 정신이 든 여인은 마들렌에게 고마워하며 그동안 있었던 일을 이야기했다.

팡틴과 코제트

　여인의 이름은 팡틴이었다. 그녀는 고향을 떠나 파리에서 공장에 다니는 남자와 결혼해 코제트를 낳고 행복하게 살았다. 그런데 그만 남편이 죽는 바람에 어린 딸과 함께 살아갈 길이 막막해졌다. 그래서 그녀는 일자리를 찾아 고향으로 가게 되었다.

　팡틴은 파리에서 그리 멀지 않은 몽페르메유라는 도시를 지나다가 한 여인숙에 들러 딸을 돌봐 달라고 사정했다. 여인숙 주인 테나르디에는 그녀의 사정이 딱하다는 걸 알고 양육비로 한 달에 7프랑씩을 요구했다.

　팡틴은 테나르디에에게 6개월치 양육비를 지불하고 딸과 헤어졌다. 그때 딸 코제트는 세 살이었다. 어린 딸을 데리고 가면 일을 할 수 없기 때문에 하는 수 없이 남에게 양육을 부탁했던 것이다.

고향에 온 팡틴은 다행히도 마들렌의 구슬 공장에 취직이 되었다. 팡틴은 열심히 일해서 번 돈을 꼬박꼬박 테나르디에에게 보냈다. 테나르디에는 돈에만 눈이 어두운 사람이었다. 코제트를 양육하기로 합의했을 때 6개월치 양육비 외에도 엉뚱한 구실로 15프랑이나 더 받아 냈던 그는, 1년이 지나자 양육비를 12프랑으로 올렸다. 그뿐 아니었다. 코제트가 아프다고 하거나 겨울옷이 필요하다는 따위의 구실을 대면서 수시로 돈을 요구했다.

팡틴은 여직공 봉급으로는 감당할 수가 없게 되었다. 그런데다 딸을 남에게 맡긴 행실이 나쁜 여자라는 소문 때문에 공장 감독으로부터 해고를 당했다. 그동안 빚은 눈덩이처럼 불어나 있었고, 일자리는 찾을 수가 없었다. 팡틴은 머리카락을 잘라 돈을 마련하기도 하고 앞니도 두 개나 뽑아 팔았다. 게다가 병까지 얻어 비참한 생활을 하다가 마들렌을 만난 것이다.

"고생을 많이 했군요. 미안합니다. 내가 대신 사과하겠소."

이야기를 다 들은 마들렌은 팡틴에게 진심으로 사과했다. 그리고 테나르디에에게 밀린 돈을 다 갚아 주고 코제트를 데려와 같이 살 수 있게 도와줄 것을 약속했다. 팡틴은 뛸 듯이 기뻤다.

마들렌은 테나르디에에게 편지를 썼다. 팡틴이 갚아야 할 빚보다 훨씬 많은 300프랑을 보내니, 그동안 보내지 못한 120프랑을 받고, 나머지 돈으로 코제트를 데려다 달라고 했다. 또 코제트의 어머니가 몹시 아프니 빨리 데리고 와 달라고 덧붙였다.

편지를 받은 테나르디에는 더 많은 돈을 받아 내려고 꾀를 냈다. 아프지도 않은 코제트가 아팠다고 거짓말을 하면서 약을 사 먹이느라 쓴 돈 500프랑을 갚지 않으면 데려가지 않겠다고 답장을 썼다.

마들렌은 다시 500프랑을 보냈다. 하지만 테나르디에는 코제트를 데려오지 않았다.

마들렌은 팡틴을 간호할 사람이 없어 아침저녁으로 병문안을 갔다.

"시장님, 우리 코제트는 언제 오나요?"

"곧 올 겁니다."

"정말이죠? 아, 보고 싶은 코제트!"

팡틴은 눈물을 흘렸다.

"시장님, 잠깐만⋯⋯."

의사가 병실에 있는 마들렌을 불렀다.

"환자에게 딸을 빨리 만나게 해 주셔야겠습니다."

"상태가 그렇게 안 좋습니까?"

"네. 그동안 제대로 치료를 받지 않아 회복 가능성이 별로 없습니다."

마들렌은 의사 말을 듣고 몹시 안타까웠다.

"내가 가서 코제트를 데려오겠소."

마들렌이 말했다.

그는 팡틴이 부르는 대로 편지를 받아 썼다.

제 부탁으로 이분이 코제트를 데리러 갑니다.

그동안 밀린 돈은 이분이 다 드릴 테니 코제트를 보내 주세요.

꼭 부탁드립니다.

이렇게 쓴 편지 끝에는 팡틴이 직접 서명을 했다. 코제트를 데리러 몽페르메유로 가기 전에 마들렌은 우선 시청으로 갔다.

급하게 처리할 일이 있어서였다.

사무실에서 급한 일을 처리하고 있는데, 뜻밖에도 자벨이 찾아왔다.

"시장님, 저를 파면시켜 주십시오."

자벨은 잔뜩 풀이 죽은 목소리로 말했다.

"아니, 그게 무슨 말입니까?"

마들렌이 영문을 몰라 물었다.

"실은……, 팡틴을 풀어 주라고 명령했을 때 제가 시장님을 파리 경찰서에 신고했습니다."

순간, 마들렌의 얼굴이 하얗게 변했다. 그러나 자벨은 고개를 푹 숙이고 있었기 때문에 아무 낌새도 알아차릴 수 없었다.

"어째서 나를 신고했소?"

마들렌은 애써 침착하게 물었다.

"실은 제가 시장님을 다른 사람으로 착각했습니다. 제가 툴롱 감옥에서 근무할 때 알던 장발장이란 사나이가 있는데, 그자는 출감을 해서 또 죄를 저질렀습니다. 사나이 생김새가 시장님과 너무 닮았습니다. 생김새뿐만 아니라 걸음걸이도 같아 저는 시장님을 처음 보면서부터 의심을 했습니다. 그러다 포슐르방을 구해 줄 때 확신이 섰습니다. 그런데 팡틴을 감옥에 넣으려던 저를 시장님이 심하게 꾸중하시는 바람에 화가 나서 그만……."

"그러니까 파리 경찰서에서 뭐라고 하던가요?"

"저더러 정신이 돌았다고 하더군요."

"터무니없다는 뜻이오?"

"물론입니다. 장발장은 체포되어 재판을 받고 있다 합니다."

"장발장이 붙잡혔답니까?"

마들렌은 아무렇지도 않은 듯 물었지만, 당황한 나머지 심하게 손이 떨려 들고 있던 서류를 떨어뜨렸다.

자벨은 고개를 숙인 채, 붙잡힌 장발장에 대해 이야기를 했다.

"장발장은 샹 마티유라는 이름을 가지고 있었다고 합니다. 그는 남의 집 사과를 훔치다가 잡혀서 가벼운 처벌을 받을 예정이었는데, 뜻밖에도 장발장으로 밝혀졌다는 것입니다."

"그 샹 마티유라는 사람이 장발장이란 것을 어떻게 알게 되었답니까?"

"그가 아라스 감옥으로 갔을 때 그곳에 있던 죄수 하나가 그를 아는 체한 것이 발단이 되었다 합니다. 그 죄수는 툴롱 감옥에서 얼마 전 아라스 감옥으로 옮겨 왔다 합니다."

"그 사람은 자백을 했소?"

"장발장이 아니라고 시치미를 뗀답니다. 그놈은 워낙 교활한 놈이라 순순히 자백을 할 리가 없지요. 재판장이 툴롱 감옥에 있는 죄수 두 명을 불러다 그놈 얼굴을 보이니 틀림없는 장발장이라고 했답니다."

"당신도 그 사람을 봤소?"

"물론입니다. 제가 보기에도 그놈은 장발장이 틀림없습니다.

전과자는 통행증을 가지고 시청에 가서 신고를 해야 하는데 놈은 하지 않았습니다. 게다가 이름을 샹 마티유라고 속였으니, 이번에 들어가면 아마 종신 징역이 확실합니다."

"알았소. 그만 가 보시오."

"저를 파면시켜 주십시오."

"아니오. 당신은 직무를 충실히 수행했을 뿐이오. 그러니 파면 당할 이유가 없소."

"아무 증거도 없이 시장님을 신고했으니 벌을 받아야 마땅합니다. 저는 후임자가 올 때까지만 근무하겠습니다."

자벨은 정중하게 말한 뒤 돌아갔다.

마들렌은 가만히 앉아 생각에 잠겼다. 자신과 생김새가 닮았다는 이유 하나로 샹 마티유라는 사람이 평생 감옥에서 살아야 한다고 생각하니 마음이 무거웠다.

'어떻게 해야 하나. 모른 체하고 마들렌으로 살 것인가, 아니면 진실을 밝혀 그를 구할 것인가……'

시청에서 나온 마들렌은 무작정 걸었다. 어떻게 해야 할지 판단이 서지 않았다. 자신의 신분을 밝히고 죄값을 치르는 일도 물론 두려웠다. 하지만 그보다는 내일 아라스로 가서 재판을 받을 경우 팡틴에게 한 약속을 지키지 못할 것이 더 걱정이었다.

그는 결정을 내리지 못한 채 마차를 빌려 주는 곳으로 갔다. 다음 날 새벽 4시에 마차를 보내 달라고 부탁한 뒤, 돈을 치르고 집으로 돌아왔다.

마들렌은 갈팡질팡했다. 마음을 진정시킬 수가 없었다. 아라스로 가려고 마차를 부탁해 놓았지만 정말 가게 될지 자신도 믿을 수가 없었다. 법정에 나가 자기가 장발장이라고 밝히면 만사가 끝장일 것이다.

집으로 돌아온 그는, 늘 잠겨 있는 아무도 모르는 은밀한 방으로 갔다. 그 방에는 툴롱 감옥에서 나올 때 들고 나온 배낭과 옷가지, 그리고 미리엘 신부에게 받은 두 개의 은촛대가 있었다. 은그릇은 돈으로 바꾸어 구슬 공장을 지을 때 썼다. 그는 그것들을 들고 벽난로 앞으로 갔다.

'모른 체하자. 다시 감옥으로 가면 이젠 끝장이다. 나를 따르는 수많은 시민들을 저버릴 수는 없다. 자벨도 나에 대한 의심을 풀었으니, 이제는 평생을 안락하게 지낼 수 있을 것이다.'

그는 배낭과 옷가지들을 벽난로 속에 던졌다. 장발장의 증거물들이 불타기 시작했다. 다음에는 은촛대를 던질 차례였다. 활활 타오르는 불길을 보면서 그는 은촛대를 힘껏 거머쥐었다. 그의 손이 부들부들 떨렸다. 그는 은촛대를 차마 던지지 못하고 선반 위에 올려놓았다. 그러고 나서야 마음이 진정되었다.

뜬눈으로 밤을 지샌 그는 새벽 4시를 알리는 시계 소리에 벌떡 일어났다. 아직 창밖은 캄캄했다. 그러나 이미 마부가 마차를 끌고 와 있었다. 그는 마부를 돌려보내고 마차에 올랐다.

처음부터 맹렬한 속도로 달렸다. 한참을 달리다 보니 갈림길이 나왔다.

하나는 아라스로 가는 길이고, 다른 하나는 몽페르메유로 가는 길이었다. 마들렌은 아라스로 가는 길로 말을 몰았다. 마음이 급해진 그는 말을 채찍질하며 눈 덮인 들판을 질주하고 있었다. 그러다 맞은편에서 오던 마차와 가볍게 부딪쳤다.

날이 점점 훤히 밝아 오고 있었다. 그는 말에게 먹이를 주려고 어느 여관 앞에 닿았다.

"아니, 이런 마차로 어떻게 여기까지 오셨습니까?"

말먹이를 들고 온 주인이 신기하다는 듯이 물었다.

아까 맞은편에서 오던 마차와 부딪쳤을 때 마차의 바퀴살이 두 개나 부러지고, 바퀴통은 찌그러졌던 것이다.

"바퀴를 좀 고쳐 주시겠소?"

"그러지요. 하지만 이걸 고치려면 하루는 걸리겠는데요."

"하루나 걸린다고요? 어허, 이거 낭패로군."

마들렌은 난감했다. 내일까지 기다릴 시간이 없었기 때문이었다. 그는 새 마차를 구하기로 했다. 새 마차를 구하는 데도 시간이 많이 걸렸다.

마들렌이 아라스에 도착한 시간은 저녁 8시 무렵이었다. 다행히 샹 마티유에 대한 재판은 아직 끝나지 않았다. 그는 숨을 한 번 크게 들이쉰 뒤 부리나케 법정을 향해 달려갔다.

다시 감옥으로 가다

"지금 들어갈 수 있습니까?"

수위에게 물었다.

"빈 자리가 하나도 없어 안 됩니다. 법관석 뒤에 특별 방청인
석이 두어 개 비어 있지만, 거기는 관리들이 앉는 자리입니다."

그는 '몽트레유 쉬르 메르 시장 마들렌'이라고 쪽지를 써서 수
위에게 건넸다.

"이것을 재판장에게 전해 주시오."

쪽지를 들고 수위가 안으로 들어갔다가 잠시 후에 나왔다.

"저를 따라오시지요."

마들렌은 그의 정중한 안내를 받아 안으로 들어갔다. 그를 본

재판장이 목례를 했다. 법정은 엄숙한 분위기였다. 변호사가 변론을 마치고 자리에 앉는 것이 보였다. 마들렌은 샹 마티유를 금방 알아보았다. 자기의 늙은 모습과 닮아 보였기 때문이다. 하지만 자세히 얼굴을 보니 자신과 많이 달랐다.

변호사의 변론이 끝나자 검사가 나와 피고의 죄를 조목조목 논고했다.

사과를 훔친 죄밖에 없는 그에게 장발장의 죄를 모조리 뒤집어씌우고 있었다. 그는 그저 기가 막히다는 듯 검사의 입만 바라보고 있었다.

이어 재판장이 형식적인 질문을 던졌다.

"더 할 말이 없는가?"

"나는 장발장이 아니라 목수 샹 마티유란 말입니다."

그는 몹시 지친 목소리로 대답했다. 그는 지치기도 했지만 말주변이 부족한 사람이었다. 자신이 장발장이 아니라는 사실을 차근차근 설명하지 못했다.

"대체 당신은 나와 무슨 원한이 있길래 나를 못살게 구는 거요? 나는 샹 마티유란 말이오!"

그는 답답해 죽겠다는 듯 검사를 향해 소리쳤다. 하지만 이미 툴롱 감옥에서 데려온 장기 복역수 세 명이 나와 틀림없는 장발장이라고 증언을 마친 상태였기 때문에 그는 그대로 장발장이 되어 가고 있었다.

"피고, 마지막으로 할 말이 있으면 하라."

재판장은 판결을 내리기 전, 마지막으로 말할 기회를 주었다.

"흥! 멋대로들 지껄이는군."

그는 코웃음을 쳤다.

그때였다.

"여보게들!"

마들렌이 증인 세 사람의 이름을 일일이 부르며 법정으로 내려섰다. 모든 사람들의 눈길이 그에게 집중되었다.

"아니, 마들렌 시장님이 아닌가?"

사람들은 그를 보면서 몹시 당황했다.

"배심원 여러분, 피고를 석방시켜 주십시오. 재판장님, 피고는 장발장이 아닙니다. 당신들이 찾고 있는 전과자 장발장은 이 사람이 아니라 바로 접니다."

법정은 소란스러워졌다.

재판장은 검사, 판사들과 무언가 귀엣말을 주고받았다.

"여기 의사 안 계십니까? 의사가 없으면 누구라도 마들렌 시장님을 댁까지 모셔다 드리시오. 몹시 편찮으신 모양입니다."

재판장이 침착하게 말했다.

"저는 지금 진실을 말하고 있습니다. 감옥에서 나와 열심히 살고 싶었습니다만, 세상은 저를 받아 주지 않았습니다. 장발장이라는 이름으로는 이 사회에서 살아갈 수 없다는 것을 안 저는 마들렌이라는 가짜 이름으로 살아왔습니다. 저는 이 사회에서 착하게 살고 싶었습니다. 다시는 감옥으로 들어가고 싶지 않았습니다. 하지만 진실을 숨기고, 저 대신 다른 사람이 저의 죄값을 치르게 할 수는 없었습니다."

그 누구도 나서서 말을 하지 못했다.

마들렌은 계속 이야기를 했다.

"아직도 제 말을 믿을 수 없다면 증거를 보여 드리겠습니다."

마들렌은 증인 중 한 사람의 별명을 말했다. 그가 그렇다고 대답했다. 다음 증인에게는 오른쪽 어깨에 흉터가 있지 않느냐고 물었다. 그러자 그가 어깨를 드러냈다. 과연 흉터가 있었다. 마지막 증인에게는 왼쪽 팔오금에 화약으로 지진 퍼런 글씨가 적혀 있지 않느냐고 물었다. 그것도 확인되었다.

"이제는 제 이야기를 믿으시겠지요? 제가 바로 툴롱 감옥에서 19년 동안 옥살이를 한 장발장입니다."

법정은 숙연해졌다. 잘못된 재판으로 법관들은 부끄러움을 느끼면서도, 자기 신분을 밝히는 마들렌의 행위에 감동하여 말문을 열지 못하고 있었다.

"신성한 법정에서 소란을 피워 죄송합니다. 한 가지 부탁이 있습니다. 제가 체포되기 전에 꼭 해야 할 일이 하나 있습니다. 그 일을 할 수 있는 시간을 주십시오. 그 일만 처리하면 언제라도 체포해도 좋습니다."

재판장은 그의 부탁을 거절할 수가 없었다.

마들렌은 조용히 문을 열고 밖으로 나갔다. 집으로 돌아온 마들렌은 우선 은행에 가서 돈을 모두 찾았다. 모두 63만 프랑이었다. 그는 그 돈과 은촛대를 자신만이 알 수 있는 숲속 한 구석에 묻었다. 그런 다음 급히 병원으로 달려갔다.

팡틴은 그가 코제트를 데리고 돌아오기를 애타게 기다리고 있었다. 마들렌이 병실에 들어서자마자 팡틴이 소리를 쳤다.

"우리 코제트가 왔나요?"

팡틴의 얼굴은 핏기 하나 없이 창백했다. 마들렌은 차마 코제트를 데려오지 못했다는 말이 나오지 않았다.

"코제트는 옆방에 있소. 의사 선생님께서 당신이 좀 더 좋아지면 코제트를 만나게 하라 하셨소."

"아니, 어째서요? 제가 옆방으로 가서 만나겠어요."

"안 됩니다. 코제트는 아직 어리기 때문에 부인께서 앓고 있는 병을 옮기기라도 하면 큰일입니다. 조금 더 치료를 하신 다음에 만나는 게 좋겠소."

그때 멀리서 어린아이 웃음소리가 들렸다.

"오, 코제트가 정말 왔군요. 얼마나 컸을까? 벌써 여덟 살이야. 5년 동안이나 버려 두었으니 나를 얼마나 원망할까?"

팡틴의 야윈 볼에 눈물이 주르르 흘렀다.

마들렌이 의사를 한쪽으로 데리고 가 귀엣말로 물었다.

"병세가 어떻습니까?"

"최악의 상태입니다……."

이때 갑자기 팡틴이 겁에 질려 소리쳤다.

"아, 안 돼요! 날 잡아가면 안 돼요!"

문을 열고 들어오는 자벨을 본 것이었다.

"이리 나와, 장발장!"

자벨이 냉랭하게 말했다.

"너무 서두르지 마시오."

"나는 범인을 보면 생기가 도는 체질이야. 네놈이 장발장이란 걸 진작에 알았지. 나를 속이려 들다니, 어림없지!"

자벨은 마들렌을 쏘아보며 말했다.

"시장님! 왜 그러는 거예요?"

팡틴이 놀라 소리쳤다.

"이봐, 자벨! 부탁이 있네. 사흘만 시간을 주게. 저 가엾은 여인에게 딸을 데려다 줘야 하네. 미심쩍으면 함께 가도 좋아."

마들렌이 팡틴에게 들리지 않도록 속삭였다.

"뭐라고? 딸을 데려와 무릎을 꿇고 빌어도 소용 없어!"

그는 날카로운 눈초리를 번득이며 마들렌을 향해 슬금슬금 다가오더니 갑자기 멱살을 움켜쥐었다. 그의 얼굴은 분노와 비웃음으로 가득했다.

자벨의 말에 팡틴은 깜짝 놀랐다.

"시장님! 그럼 코제트가 온 게 아니었어요?"

팡틴이 마들렌을 보며 물었다.

"시장은 무슨 시장이야! 이놈은 장발장이란 말이다! 전과자 장발장!"

자벨은 마들렌의 턱을 손으로 들어 올리며 비아냥거렸다.

그 모습을 보고 팡틴은 그만 힘없이 푹 쓰러지고 말았다.

"팡틴!"

의사와 간호사가 달려들었지만 이미 팡틴은 움직이지 않았다.

"자벨, 네가 이 여인을 죽게 했어!"

마들렌이 소리쳤다.

"입 닥쳐!"

자벨이 마들렌의 손목을 비틀어 쥐며 말했다.

그는 자벨의 손을 뿌리치고 팡틴에게 다가갔다. 그리고 뒤돌아보며 자벨에게 말했다.

"잠시 나를 내버려 두기 바란다."

마들렌은 팡틴의 머리를 베개 위에 올려놓고 몸을 반듯하게 뉘었다.

"팡틴, 미안하오."

그는 여인의 눈을 감겨 주었다. 그리고 여인의 손을 잡은 채 한동안 움직이지 않았다.

잠시 후 그는 자벨 쪽으로 돌아섰다.

"자, 이제는 마음대로 하게."

바다에 빠져 탈옥하다

마들렌이 체포되었다는 소식이 전해지자, 몽트레유 쉬르 메르 사람들은 몹시 실망했다.

"시장님이 무서운 전과자였다니, 믿을 수가 없어."

"헛소문일 거야."

"곧 새로운 시장이 부임할 테니 두고 봐."

"누가 뭐라 해도 나는 믿지 않겠어. 그분이 설령 전과자였다 하더라도 난 그분을 존경하겠어."

사람들은 모이기만 하면 마들렌에 대해 이야기했다.

마들렌이 잡혀간 뒤, 그의 구슬 공장은 문을 닫았다. 그는 공장과 집 등 재산을 그곳 성당의 신부에게 맡기고, 팡틴의 장례

비와 가난한 사람들을 위해 돈을 남겨 두었다.

그는 재판에서 사형을 선고받았으나 국왕이 관용을 베풀어 무기 징역으로 감형되었다.

어느 날, 지중해를 순항하던 프랑스 군함 오리온호가 툴롱항구에 들어왔다. 폭풍우를 만나 파손된 부분을 수리하기 위해서였다. 사람들은 처음에는 웅장한 배를 신기해 하며 구경했으나, 어느새 그 안에서 일하는 죄수들을 흥미롭게 바라보았다.

죄수들은 발목에 굵은 쇠사슬을 감고 간수들의 엄중한 감시 속에서 일했다. 그들이 걸어다닐 때마다 철커덕철커덕 하는 쇳소리가 요란스레 들렸다. 그중 몇 명의 인부들은 오리온호에 돛을 달고 있었다.

"으악!"

갑자기 괴성이 들렸다. 인부 중 한 사람이 큰 돛을 펴기 위해 돛대 맨 꼭대기에서 일을 하다 발을 헛디딘 것이다. 그는 두 팔을 허우적거리며 허공에서 곤두박질치다가, 다행히 중간에 늘어뜨려 놓은 밧줄을 거머쥐었다.

인부는 아찔할 정도로 높은 곳에 매달려 마치 거미줄에 걸린 파리 같았다.

"큰일이다!"

"누가 올라가 구해야 할 텐데!"

"저렇게 높은 곳에 올라갈 사람이 어디 있어!"

사람들은 손에 땀을 쥐고 발을 동동 굴렀지만, 누구 하나 선뜻 그를 구출하려고 나서는 사람이 없었다.

시간은 자꾸 흐르고 밧줄을 잡고 있던 인부는 점점 힘이 빠져 축 늘어졌다. 이대로 가다가는 밧줄을 놓치고 떨어져 죽을 것이 틀림없었다.

그때였다. 어떤 사나이가 살쾡이처럼 빠른 동작으로 밧줄을 타고 오르기 시작했다.

"와아!"

"정말 용감한 사람이야!"

그를 본 사람들이 일제히 함성을 질렀다.

그는 붉은 옷을 입고 푸른 모자를 쓴 죄수였다. 푸른 모자는 종신 징역을 선고받은 죄수들이 쓰는 것이었다. 위험에 처한 인부를 아무도 구하려 하지 않자, 그가 나선 것이다.

그는 간수에게 허락을 받고 발목을 감은 굵은 쇠사슬을 쇠뭉치로 단번에 때려부수었다. 사나이는 돛대 꼭대기까지 단숨에 올라갔다. 그때 마침 바람이 불어 모자가 날아갔다. 모자가 벗겨지자 그의 하얀 머리카락이 보였다. 그는 나이가 아주 많은 사람이었다.

"아니, 저 사람은 노인이잖아!"

사람들은 더욱 놀랐다.

사나이는 거침없이 돛대를 따라 기어가서, 자기가 가지고 올라간 밧줄의 한쪽 끝을 돛대에 묶고 다른 한쪽 끝은 아래로 내려뜨렸다. 밧줄은 인부가 매달린 곳까지 늘어졌다. 사나이는 마침내 그 밧줄을 타고 내려오기 시작했다. 사람들은 숨을 죽인 채그 광경을 쳐다보았다. 허공에서 두 사람의 몸이 흔들리고 있었다. 사나이는 인부에게 다가가 한 손은 밧줄을 잡고 다른 손으로는 인부의 몸에 밧줄을 비끄러맸다.

"저러다 잘못하면 둘 다 죽을 텐데……."

"그러게 말이야!"

사람들은 발을 동동 구르며 손에 땀을 쥔 채 지켜보았다.

사나이는 인부의 몸을 밧줄로 묶은 뒤 다시 밧줄을 타고 올라갔다. 그러고는 그 밧줄을 끌어올리기 시작했다.

밧줄에 매달린 인부의 몸이 허공에서 대롱대롱 흔들리면서 돛대 위로 올라갔다.

"와! 성공이다!"

함성과 박수가 터졌다. 어떤 사람은 옆 사람과 부둥켜안고 펄

쩍펄쩍 뛰기도 했다.

"저렇게 용감하고 훌륭한 죄수는 석방시켜야 한다!"

"죄수를 풀어 주어라!"

사람들이 여기저기서 외쳤다.

인부를 돛대 위로 무사히 구출한 사나이는 재빠른 동작으로 내려오기 시작했는데, 방심한 탓이었는지 이번에는 그가 두팔을 허우적거렸다. 뜻하지 않은 사태에 사람들이 깜짝 놀라 소리를 지르는 순간, 사나이의 몸은 이미 바다에 빠져 버렸다.

그를 바라보던 사람들은 안타까움에 어쩔 줄 몰라 했다.

"오, 하느님!"

"남을 구하려고 자기 목숨을 잃다니……. 가엾기도 해라."

구경하던 사람들은 눈물을 흘리며 사나이의 죽음을 슬퍼했다.

잠시 후 네 명의 수병들이 보트를 타고 그를 수색하기 시작했다. 그러나 사나이의 모습은 발견할 수가 없었다. 잠수부들이 몇 시간 동안 바다 밑을 뒤져 보았지만 시신조차 발견되지 않았다. 다음 날, 신문에는 다음과 같은 기사가 실렸다.

10월17일, 오리온호 갑판에서 일하던 죄수 하나가 위기에 처한 인부를 구출하였다. 그런데 안타깝게도 그는 인부의 목숨을 구한 뒤, 그만 발을 헛디뎌 추락하여 사망하였다. 그의 이름은 장발장이며, 무기 징역수였다.

코제트와의 만남

그해 12월 24일이었다. 크리스마스를 맞은 몽페르메유 사람들은 한껏 들떠 있었다. 그곳은 딸을 애타게 찾다가 불쌍하게 죽은 팡틴의 딸 코제트가 살고 있는 곳이었다.

테나르디에의 여인숙도 여느날과 달리 크리스마스를 즐기려는 사람들로 북적대고 있었다. 돈을 많이 벌게 되어 신이 난 테나르디에는 마부들과 함께 술을 마시며 큰 소리로 떠들어 댔다.

코제트는 평소와 다름없이 탁자 밑에 앉아 고사리 같은 손을 호호 불어 가며 뜨개질을 하고 있었다. 테나르디에의 딸들이 신을 양말을 짜는 중이었다. 코제트는 여윈 몸에 다 해진 얇은 옷을 입고, 맨발에 나막신을 신고 있었다. 게다가 얼굴은 테나르디에 부인에게 얻어맞아 퍼렇게 멍이 들어 있었다. 코제트의 얼굴은 몹시 슬퍼 보였다. 조금 전에 테나르디에 부인이 물을 길어 오라고 시켰던 것이다. 다른 일이라면 몰라도 캄캄한 밤에 물을 길러 가는 것은 너무 끔찍했다. 물을 긷는 샘이 으슥한 숲 속에 있기 때문이었다.

"코제트! 대답 못 하겠니? 어서 나오지 않으면 혼날 줄 알아!"

테나르디에 부인의 목소리가 쩌렁쩌렁 울리자, 코제트는 하는 수 없이 기어 나갔다.

"바쁜데 왜 꾸물거려! 얼른 가서 물을 길어 오지 못해!"

코제트는 잔뜩 겁을 먹은 채 물통을 들었다. 물통은 코제트의 키만큼이나 컸다. 물통을 들고 나가려는데 테나르디에 부인이 은화 하나를 주었다.

"가게에 들러 빵도 사 가지고 오너라. 자, 받아라!"

코제트는 은화 한 닢을 앞치마 주머니에 넣고 밖으로 나왔다.

"잃어버리면 경칠 줄 알아!"

주인 여자가 큰 소리로 말했다.

물통을 들고 걸어가는 코제트는 몸이 얼어붙는 것 같았다.

거리는 활기에 차 있었다. 그중에서도 장난감 파는 가게가 가장 붐볐다.

코제트는 걸음을 멈추고 인형을 바라보았다. 장밋빛 옷을 입은 큰 인형이 가장 예뻐 보였다.

'나도 저런 인형을 가져 봤으면!'

그러나 어림도 없는 생각이었다. 한참 동안 가만히 인형을 구경하던 코제트는 다시 걸었다. 이윽고 불빛이 환한 거리는 끝이 나고 숲속 어귀에 이르렀다. 캄캄한 길을 걷던 코제트는 무서워서 몇 번이나 걸음을 멈추었다.

간신히 샘터에 이르자 숨을 돌린 코제트는 한 손으로 더듬더듬 떡갈나무 가지를 꼭 잡았다. 또 한 손으로는 물통을 샘물 속에 첨벙 넣었다.

너무 무서워서인지 몸이 오그라들고 다리가 떨려 도무지 물통을 들어 올릴 수가 없었다. 코제트는 잠시 멈추었다가 다시 기운을 차리고 몸을 잔뜩 구부렸다. 그때 앞치마 주머니에서 은화가 빠져나와 물속으로 떨어졌다.

코제트는 물통을 들어올리는 데 정신이 팔려 그것을 알지 못했다.

겨우 물통을 들어올린 코제트는 비틀거리며 어둠 속을 걷기 시작했다.

"하나, 두울, 세엣⋯⋯."

코제트는 무서움을 쫓기 위해 큰 소리로 숫자를 세면서 걸었다. 물통이 너무 무거워 제대로 걸을 수가 없었다. 팔이 떨어져 나갈 것처럼 아팠다. 코제트는 그 자리에 주저앉아 펑펑 울고 싶었다.

그때였다. 갑자기 물통이 위로 번쩍 들려 올라갔다. 놀라서 쳐다보니 웬 남자 어른이 물통을 들어 준 것이었다.

"굉장히 무겁구나. 내가 들어다 주마."

낯선 사람은 굵고 낮은 목소리로 말했다.

코제트는 두려워서 말없이 그 사람을 따라 걸었다. 불빛이 있는 길로 나왔을 때, 코제트는 그 사람을 흘끗 쳐다보았다.

흰 머리가 난 노인이었는데 나쁜 사람 같지는 않았다.

노인이 코제트에게 물었다.

"몇 살이냐?"

"여덟 살이에요."

"이름은?"

"코제트예요."

노인은 깜짝 놀란 얼굴로 그를 바라보았다.

'오, 이 아이가 코제트라니…….'

그 노인은 바로 장발장이었던 것이다.

툴롱 항구에서 바다에 빠져 죽은 것으로 알려진 장발장은 버젓이 살아 있었다. 오리온호에서 위기에 처한 인부를 구출했을 때, 이미 그는 탈출을 결심했었다. 발목에 쇠사슬도 감고 있지 않았으므로 절호의 기회를 맞은 셈이었다.

그래서 돛대에서 내려오다가 불의의 사고를 당한 것처럼 모든 사람들의 눈을 감쪽같이 속이고 바다로 뛰어들었던 것이다. 그런 다음, 장발장은 재빨리 잠수해서 어느 작은 배 밑으로 가 날이 어두워질 때까지 숨어 있었다. 그리고 해안으로 올라와 도망을 쳤던 것이다.

그에 대한 소문이 잠잠해지자 그는 코제트를 찾기 위해 이곳 몽페르메유를 찾아왔다.

장발장은 팡틴이 애타게 찾던 코제트를 보고서 너무 기뻤다. 비록 팡틴과의 약속은 지키지 못했지만 지금부터라도 코제트를 돌보아야겠다고 생각했다.

"너는 밤에도 물을 길어야 하는 모양이구나."

"저는 여인숙에 사는데 오늘 마부들이 많이 왔어요. 주인 아주머니가 물을 길어 오라고 했어요."

"일할 사람이 너밖에 없느냐?"

"네, 저 혼자뿐이에요."

"그 집에는 자식들도 없니?"

"에포닌과 아젤마가 있어요. 그런데 그 집 딸이기 때문에 일을 안 해요."

"그럼 그 아이들은 뭘 하지?"

"인형을 가지고 놀아요."

"너는 뭘 가지고 노니?"

"저는 납으로 만든 칼을 가지고 놀아요."

장발장은 마음이 아파 코제트의 머리를 쓰다듬어 주었다.

"아저씨, 이제 물통은 제가 갖고 갈게요."

"아니다. 나도 그곳에서 하룻밤 묵을 거니까 내가 들고 가마."

"그러시면 안 돼요. 주인 아주머니가 보면 야단칠 거예요."

코제트는 장발장이 든 물통을 빼앗듯이 가져갔다.

시끌벅적한 여인숙에 들어서자 주인 여자의 앙칼진 목소리가 들려왔다.

"어디서 실컷 놀다가 이제 슬금슬금 기어오는 거냐!"

코제트는 흠칫 놀라 몸을 움츠렸다.

"빵은 이리 내!"

"아차!"

코제트가 당황해 어쩔 줄 몰라 했다. 장발장과 이야기를 하면서 오느라 빵을 사야 한다는 것을 까맣게 잊어버린 것이다.

"죄송해요. 깜빡 잊었어요."

"뭐라고? 정신을 어디다 팔고 다니는 거냐?

"그럼 돈이라도 내 놔!"

코제트는 앞치마 주머니를 뒤지다 새파랗게 질리고 말았다. 돈이 없어 당황하는 코제트를 보고 주인 여자가 소리를 질렀다.

"뭘 우물쭈물하는 거야? 아니, 벌써부터 돈을 감추려고 해!"

"아니에요. 잃어버렸어요. 제발 한 번만 용서해 주세요."

코제트는 겁에 질려 용서를 빌었다. 하지만 주인 여자는 씩씩거리며 회초리를 들었다.

"아주머니, 잠깐만요."

그때 장발장이 말했다.

"왜 그러시지요?"

테나르디에 부인은 장발장의 초라한 옷차림을 훑어보더니 쌀쌀맞게 대답했다.

"조금 전에 이 아이 주머니에서 뭔가 떨어지는 것 같았는데, 혹시……. 이거 아닙니까?"

그는 굽혔던 허리를 펴며 은화 한 닢을 주인 여자에게 건넸다.

"맞아요! 이거예요, 손님."

주인 여자는 은화를 받아 쥐며 대답했다. 그것은 코제트에게
준 돈보다도 훨씬 큰돈이었다. 주인 여자는 시치미를 떼고 돈을
받아 주머니에 집어넣으며 코제트를 흘겨보았다.

"또 맹추짓을 했다간 혼날 줄 알아!"

"저, 오늘 하룻밤 묵고 싶은데 빈 방 있습니까?"

장발장이 물었다.

"손님, 죄송하지만 빈 방이 없는데요."

주인 여자는 방이 있으면서도 없다고 거짓말을 했다.

"그러면 마구간이라도 좋습니다. 돈은 똑같이 드리겠습니다."

"하루 묵는 데 40수우입니다."

"좋습니다."

그걸 보고 있던 마부 한 명이 다가와 주인 여자 귀에 대고 말
했다.

"20수우잖아!"

"저렇게 어리숙한 사람에게는 많이 받아도 돼요."

마부가 기가 막히다는 듯 주인 여자를 바라보았다.

그때 방에서 여자 아이들이 인형을 들고 나왔다. 테나르디에
의 딸들인 에포닌과 아젤마였다. 코제트는 양말을 짜다 말고 그
아이들이 인형놀이 하는 것을 구경했다.

"이 계집애야, 게으름피우지 마!"

주인 여자가 버럭 소리를 질렀다.

한참 동안 양말을 짜던 코제트는 아이들이 놀다 한 구석에 팽개쳐 버린 인형을 몰래 만져 보았다.

"엄마! 저 계집애가 우리 인형을 만졌어!"

에포닌이 그걸 보고 엄마에게 고자질을 했다.

"너 당장 놓지 못해? 어디서 그런 더러운 손을 대!"

코제트는 얼른 인형에서 손을 떼었다. 그것을 보고 있던 장발장은 슬그머니 밖으로 나갔다.

그리고 잠시 후, 인형을 사 가지고 돌아와 보니 코제트는 그 사이에 주인 여자에게 얻어맞아 울고 있었다.

"자, 이것을 가지고 놀아라."

고개를 쳐든 코제트는 꿈을 꾸는 듯한 표정이었다.

장발장이 인형을 코제트에게 주자 모두들 놀라 입을 딱 벌리고 다물지 못했다. 그 인형은 몽페르메유에서 제일 가는 부잣집 딸도 가질 수 없다는 장밋빛 옷을 입은 큰 인형이었다.

어마어마한 선물 앞에서 코제트는 망설이고 있었다.

그때 술을 마시던 테나르디에가 이를 보고 다가왔다.

"받거라. 네게는 어울리지 않는다만……."

그러고는 장발장을 마구간이 아닌 아주 좋은 침실로 안내했다. 장발장이 겉모습은 초라해 보이지만 실은 돈이 많은 사람이라고 생각했기 때문이었다.

테나르디에는 원래 돈 생기는 일이라면 물불을 안 가리는 사람이었다. 그는 젊었을 때 워털루 전쟁터에서도 밤이면 막사를 몰래 빠져나와 죽은 병사들의 옷을 뒤져 돈이 될 만한 물건을 훔쳤다. 한 번은 죽은 줄 알았던 장교의 몸을 뒤지는데 그가 눈을 떴다. 그런데 그 장교는 테나르디에가 자신을 살려 준 걸로 착각하고 고맙다는 인사를 했다.

그 후 테나르디에는 자신이 그 무시무시한 전쟁터에서 장교를 구했다고 떠벌리고 다녔다.

다음 날, 날이 밝자 장발장은 돈을 계산했다. 주인 여자는 다른 사람들의 몇 배나 되는 돈을 청구했지만 장발장은 아무 말도 하지 않고 그대로 주었다.

"요즘 장사는 잘됩니까?"

"아이고, 말도 마세요. 지독한 불경기라서요. 손님 같은 부자 양반들이 가끔 오시지 않는다면 문을 닫아야 할 형편이지요. 게다가 저 귀찮은 밥벌레까지 맡아 키우려니 여간 어려운 게 아니랍니다."

"귀찮은 밥벌레라니요?"

"어떤 여자가 버리고 간 계집애인데 불쌍해서 길러 놓았더니 뒤치다꺼리에 점점 돈이 많이 들지 뭐예요. 누가 데려가기라도 했으면 좋겠는데……."

"그렇습니까? 그럼 내가 데려가도 되겠소?"

장발장은 기다렸다는 듯이 말했다.

"정말입니까? 아이고, 고마워서 어쩌지요?"

주인 여자는 좋아서 어쩔 줄 모르는 표정이었다.

그때 테나르디에가 음흉한 웃음을 띠며 나타났다.

"손님, 그냥 데리고 가신다는 것은 아니겠지요? 저희들은 그 아이를 키우느라 빚더미에 올라앉아 있습니다. 자그마치 1,500 프랑이 넘습니다."

"드리겠습니다."

장발장은 테나르디에의 뻔뻔스러운 욕심을 잘 알고 있었기에 잠자코 지갑에서 돈을 꺼내 탁자 위에 올려놓았다.

"이제 됐소? 그 아이를 불러 주시오."

장발장은 가방을 열어 미리 준비한 새 옷을 코제트에게 입혔다. 그것을 본 테나르디에는 분해 견딜 수가 없었다. 코제트의 옷을 준비해 왔다는 것은 애초에 아이를 데려갈 마음으로 왔다는 뜻이었기 때문이다.

"손님, 실은 제가 이 아이를 몹시 아낀답니다. 누군지도 모르는 사람에게 이 아이를 보내면 저는 하루도 마음 편히 살 수 없을 겁니다."

테나르디에의 속셈을 모를 리 없는 장발장은 주머니에서 종이 한 장을 꺼냈다. 그것은 팡틴이 죽기 전 코제트를 장발장 편에 보내 달라고 쓴 편지였다.

편지를 읽은 테나르디에는 잠시 아무 말도 못 했다. 그러다 다시 한 번 종이를 살펴보더니 말했다.

"여기에는 밀린 돈을 당신이 다 갚겠다고 되어 있군요. 그러니 돈을 더 주셔야겠습니다."

"전에도 당신에게 많은 돈을 보냈고, 오늘 다시 1,500프랑이나 주었소. 그런데도 더 달란 말이오?"

"어쨌든 코제트를 데려가려면 3천 프랑을 더 주셔야 합니다."

테나르디에는 억지를 쓰며 마구 지껄여 댔다.

"어서 가자!"

장발장은 더 이상 대꾸를 하지 않고 코제트의 손을 잡고 뚜벅뚜벅 걸어 그 집을 나왔다.

뒤쫓는 자벨 형사

코제트를 데리고 길을 떠난 장발장은 파리에 도착했다.

파리의 변두리에는 낡은 2층집이 한 채 있었다. 그 집은 예전에 콜보라는 사람이 지은 집이라서 '콜보의 집'이라 불렀다.

방이 여러 개인데 모두 비어 있고, 아래층에는 할머니 혼자 살고 있었다.

장발장은 그 집 2층에 방을 하나 빌려서 살기로 했다. 2층으로 통하는 계단은 바깥에 따로 있어 숨어 지내야 하는 장발장에게는 안성맞춤이었다.

두 사람은 새로 얻은 보금자리에서 함께 살기 시작했다. 코제트는 처음에는 모든 것이 낯설어서인지 말도 별로 하지 않고 장발장이 하라는 대로만 했다. 그러나 시간이 흐를수록 점점 명랑해졌다.

코제트는 가끔 장발장의 눈치를 보면서 청소를 하겠다고 했다. 여인숙에서 하녀처럼 일하던 것이 습관이 되었기 때문이다. 그럴 때마다 장발장은 이제 더 이상 집안일을 하지 않아도 된다고 따뜻하게 말해 주었다.

장발장은 주인 할머니에게 돈을 주면서 자질구레한 집안일을 거들어 달라고 부탁했다.

그에게는 충분한 돈이 있었다. 예전에 몽트레유 쉬르 메르의 숲속에 숨겨 두었던 돈의 일부를 얼마 전 코제트를 찾으러 갈 때 꺼내 두었다. 아직도 많은 돈이 그곳에 숨겨져 있었다.

두 사람은 편안하고 행복한 시간을 보냈다. 쉰다섯 살 노인이 된 장발장과 여덟 살 된 코제트는 마치 할아버지와 손녀처럼 다정했다.

코제트는 아침에 일어나면 장발장에게 다가가 가볍게 키스를 했다. 그리고는 작은 새처럼 노래를 들려 주었다. 그 노래는 평생 외롭게만 살아온 장발장에게 가슴 뭉클한 기쁨과 행복을 주었다.

그는 코제트에게 글을 가르칠 때를 빼놓고는 거의 온종일 코

제트를 바라보며 지냈다. 코제트는 웃고 재잘거리고 인형에게
옷을 입혔다 벗겼다 하며 하루하루를 즐겁게 보냈다.

두 사람은 낮에는 좀처럼 밖에 나가지 않았다. 해질 무렵에야
산책을 하거나 성당에 나가는 것이 고작이었다.

"아무래도 뭔가 수상한 사람들이야. 일도 하지 않고 만나는 사

람도 없는 걸 보면⋯⋯."

별로 할 일도 없고 남의 일에 관심이 많은 주인 할머니는 이들을 보면서 이상하다는 생각을 했다.

가끔 코제트에게 이것저것 물어 보았지만, 코제트는 아는 것이 별로 없었다.

방을 얻을 때 장발장은 연금으로 생활하기 때문에 허름한 집에서 살 수밖에 없다고 말했다. 그런데 보아하니 그렇게 궁색한 것도 아니었다. 할머니는 그들이 어떤 사람들인지 몹시 궁금해 안달이 날 지경이었다.

그러던 어느 날, 문틈으로 방 안을 엿보던 할머니는 깜짝 놀라고 말았다.

"어머나, 세상에⋯⋯!"

장발장이 푸른색 코트 속주머니에서 천 프랑짜리 지폐를 꺼낸 것이었다.

할머니는 지금까지 살아오면서 천 프랑짜리 지폐를 본 적이 두어 번밖에 없었다. 너무 놀란 할머니는 얼른 자기 방으로 돌아와 마음을 진정시키느라 애를 썼다.

잠시 후, 장발장이 와서 천 프랑짜리를 잔돈으로 바꾸어 달라고 부탁했다. 그는 할머니에게 어제 은행에 가서 6개월치 연금을 찾아왔다고 거짓말을 했다.

할머니가 집에 잔돈이 별로 없다고 말하자, 장발장은 나머지는 나중에 달라고 말했다.

그가 돌아간 뒤 할머니는 장발장을 더욱더 의심하게 되었다.

어제 장발장이 외출한 시간은 저녁 여섯 시가 훨씬 지난 뒤였기 때문이다.

'은행 문이 모두 닫힐 시간이었는데……. 아무래도 이상해.'

장발장이 나간 뒤, 할머니는 2층으로 살금살금 올라갔다. 그러고는 아까 본 코트를 더듬어 보았다. 코트 안쪽이 두툼했다.

"세상에! 이게 다 천 프랑짜리란 말이지?"

할머니는 기겁을 했다. 그만 정신까지 몽롱해져 서둘러서 그 방에서 나왔다.

그 뒤로 이상한 소문이 나돌았다. 콜보의 집에 세들어 사는 사나이가 천 프랑짜리 지폐를 잔뜩 가지고 있다는 소문이었다.

하지만 장발장은 누구와도 이야기를 나누지 않았기 때문에 이런 소문이 떠돌고 있다는 것을 알지 못했다.

장발장이 늘 다니는 성당 앞에 늙은 거지가 한 사람 있었다. 그 거지는 전에 성당지기 노릇을 하다 그만둔 뒤 구걸을 해서 먹고산다고 말했다.

장발장은 성당 앞에 오면 으레 그에게 돈을 던져 주었다.

어느 날 밤이었다. 거지는 여느 날과 마찬가지로 고개를 수그린 채 성당 앞에 앉아 있었다. 장발장은 거지의 손에 돈을 떨어뜨려 주었다.

그때 거지가 갑자기 그를 쳐다보더니 재빨리 머리를 수그렸다. 그 순간, 그는 온몸이 얼어붙는 듯했다. 언뜻 본 거지의 얼굴은 늘 보던 그 늙은 거지가 아니었다. 이름만 들어도 가슴이 섬뜩해지는 자벨의 얼굴이었던 것이다. 장발장은 흠칫 놀랐지만 애써 태연한 척하며 가던 길을 걸어 갔다.

집으로 돌아온 장발장은 그의 얼굴이 자꾸 떠올라 견딜 수가 없었다.

다음 날, 그는 용기를 내어 다시 거지가 있던 자리로 갔다. 조심조심 다가가 살펴보니 늙은 거지가 여전히 그곳에 앉아 있었다. 거지는 장발장을 보자 반갑게 맞아 주었다.

장발장은 자기가 잠시 착각했던 것이라 생각하고는 그 일을 잊었다.

그로부터 며칠이 지난 밤이었다. 장발장이 코제트에게 글을 가르치고 있는데 갑자기 현관문이 열렸다 닫히는 소리가 났다. 그는 코제트에게 조용히 하라고 손짓을 한 다음 귀를 기울였다.

누군가 계단을 올라오는 소리가 들렸다. 그것은 분명 남자의 발소리였다. 그는 촛불을 끈 뒤 꼼짝도 하지 않고 숨을 죽였다. 밖엔 아무 소리도 들리지 않았다. 그는 살그머니 문 앞으로 가서 열쇠 구멍으로 밖을 내다보았다.

문밖의 사나이는 촛불을 든 채 숨을 죽이고 서 있었다. 그러더니 도둑고양이처럼 살금살금 계단을 내려갔다. 자벨이었다.

"코제트, 우린 이곳을 떠나야 한다."

"왜요?"

"테나르디에 아저씨가 널 잡으러 올 거야. 어서 가자."

장발장은 짐을 대충 꾸린 뒤, 코제트를 데리고 밖으로 나왔다.

그는 코제트의 손을 잡고 재빠르게 가로수 밑의 짙은 어둠 속으로 숨었다. 가로수를 따라 걷다가 좁은 골목길로 들어섰다.

보름달이 환하게 뜬 밤이었다. 장발장은 담장 그늘을 따라 걸었다. 코제트는 한 마디 말도 없이 그의 손을 잡고 묵묵히 걸었다. 장발장의 마음은 초조하고 착잡했다. 외롭게 살아온 두 사람이 이제 조금 행복해지려 하는데, 또다시 쫓기는 신세가 된 것이었다.

부지런히 길을 걷자 앞에 붉은 등이 켜진 경찰서가 보였다. 그런데 경찰서 앞에 서너 명의 사나이들이 두리번거리고 있었다.

장발장은 경찰이 그의 뒤를 밟고 있다는 것을 분명히 알았다.

그는 큰 건물이 있는 사거리 쪽으로 가 모퉁이에 숨어서 잠시 기다렸다. 사나이들 중 한 명은 자벨이었다. 그의 얼굴이 달빛에 또렷이 보였다. 그는 부하들에게 왼쪽으로 가라는 손짓을 했다. 이를 지켜보던 장발장은 입술이 바짝바짝 탔다.

그는 높다란 담벼락을 살펴보았다. 그때 사거리에서 이쪽으로 다가오는 발소리가 들렸다. 소리는 점점 커졌다. 장발장은 두근거리는 가슴을 진정시키고 정신을 차려 소리나는 방향으로 귀를 기울였다. 발소리는 커졌다 작아졌다 다시 커지기를 반복했다. 아마도 골목길을 샅샅이 뒤지고 있는 모양이었다.

"아버지, 무서워요."

코제트가 발발 떨면서 장발장의 품으로 파고들었다. 언제부터인지 코제트는 장발장을 아버지라 불렀다.

"괜찮아."

장발장은 코제트의 등을 쓰다듬어 주었다.

그는 코제트를 품에 안고 표범처럼 재빠르게 담을 넘었다.

"놈은 골목 안에 있다. 막다른 길을 찾아라!"

등 뒤에서 사내들의 목소리가 들려왔다.

관 속에 들어가다

담장 밖에서는 수색병들의 말소리와 구둣발 소리가 계속 들려왔다. 누군가 호통치는 소리도 들렸다.

'여기가 어디일까?'

앞이 탁 트인 곳인데 정원 같았다. 저만치 큰 건물이 어둠에 싸여 있고, 가까이에는 작은 오두막집 한 채가 있었다. 그들은 안으로 들어갔다.

"코제트! 이제 괜찮아."

장발장의 가슴에 얼굴을 파묻고 있던 코제트가 온몸을 떨고 있었다.

바로 그때였다. 딸랑딸랑 하는 방울 소리가 들려왔다.

장발장은 코제트를 바짝 끌어안고 살짝 엿보았다.

어둠 속에서 어렴풋이 사람의 형체가 나타났다. 남자였다. 방울 소리는 그에게서 나는 것이었다.

그는 밭에서 일을 하는 것 같았다. 이상했다. 한밤중에 일하는 것도 그렇고, 사람이 소나 고양이처럼 방울을 달고 있는 것도 이해할 수 없었다.

생각에 빠진 장발장은 문득 코제트의 이마를 짚어 보고 깜짝 놀랐다. 이마가 펄펄 끓고 몸은 얼음장같이 차가웠다.

아무리 흔들어 깨워도 코제트는 축 늘어진 채 꼼짝도 하지 않았다.

'아, 이러다 큰일나는 게 아닐까?'

불길한 생각이 들자, 다급해진 장발장은 밭으로 성큼성큼 다가갔다.

"저, 날 좀 도와주시오!"

밭에서 일하던 사나이가 깜짝 놀라 고개를 돌렸다.

"아니, 마들렌 시장님 아니십니까?"

순간, 장발장은 당황했다.

그는 모자를 벗고 장발장에게 인사를 했다. 머리카락이 희끗희끗한 노인이었다.

"당신은 누구요?"

"오, 세상에 이럴 수가……. 저는 포슐르방입니다. 전에 마차에 깔려 목숨을 잃을 뻔한 저를 시장님이 구해 주시지 않았습니까? 여기는 시장님께서 정원지기로 일할 수 있게 해 주신 수녀원입니다."

"아, 당신이었군요."

장발장은 노인의 얼굴을 자세히 들여다보고 그제야 알아보았다.

"그런데 그 허리에 찬 방울은 뭐요?"

"아, 이거요? 이건 제가 있다는 걸 알리는 방울입니다. 이곳은 수녀님들만 사는 곳이라서요. 방울 소리가 들리면 미리 알고 피한답니다."

"허, 그것 참!"

"그런데 대체 어떻게 여길 들어 오셨습니까?"

"담장을 넘어왔소."

"오, 믿을 수가 없군요."

"노인! 나를 좀 도와주시오. 나는 지금 쫓기는 몸이오."

"시장님은 제 생명의 은인입니다. 무슨 부탁인들 못 들어 드리겠습니까? 당신은 결코 나쁜 짓을 할 분이 아닙니다."

"정말 고맙소. 그러면 저 쪽으로 갑시다. 아이가 얼어 죽게 생겼소."

"네? 아이가 있다고요?"

노인은 영문을 몰라 하면서도 더 이상 묻지 않고 자신이 살고 있는 오두막집으로 장발장과 코제트를 데리고 갔다. 다행히 따뜻한 방에 누워 몸을 녹이자 코제트는 곧 편히 잠들었다. 그러나 장발장과 포슐르방 노인은 깊은 생각에 빠져 한숨도 자지 못했다.

장발장은 자벨이 자신을 찾으려고 눈에 불을 켜고 있는 지금, 수녀원 밖으로 나갈 수는 없다고 생각했다. 또한 수녀원에 숨어 있으면 안전할 테지만 그럴 수 없다는 것도 잘 알고 있었다.

포슐르방도 고민스럽기는 마찬가지였다. 갑자기 나타난 마들렌 시장을 이해한다는 것이 쉽지 않았다.

'높은 담장으로 둘러싸인 이 수녀원에는 어떻게 들어왔을까? 더구나 아이까지 데리고 오지 않았는가? 혹시 죄를 짓고 도망 중인 것은 아닐까?'

포슐르방은 마들렌 시장을 이해할 수 없었지만 그를 도와야 한다고 생각했다.

'뎅! 뎅!'

새벽종 소리가 정적을 깨뜨렸다.

"늙은 수녀 한 분이 하느님 곁으로 가셨습니다."

노인은 문득 무슨 생각이 떠올랐는지 장발장에게 다가왔다.

"시장님, 저와 함께 정원지기 일을 하시겠습니까? 그렇다면 제가 힘을 써 보겠습니다."

"정말 그래 주시겠소?"

"그렇게 되려면 먼저 이곳에서 빠져나갔다가 다시 들어와야 합니다. 정문을 통과하지 않은 남자가 수녀원 안에 있다는 건

안 될 일이니까요."

장발장은 난감했다. 밖에는 자기를 찾으려는 사람들이 깔려 있을 것이다. 한참 동안 말없이 생각하던 그는 무겁게 입을 열었다.

"아무도 모르게 며칠 더 여기서 지낼 수는 없겠소?"

"그건 안 됩니다. 수녀님들은 오두막집 가까이 오지 않지만, 가끔 기숙사의 여자 아이들이 다가와 기웃거리기도 하지요. 여기서 나가는 것이 급합니다."

그때 종소리가 다시 들려왔다.

"저를 부르는 종소리입니다."

얼마 후 노인이 돌아왔다.

"원장 수녀님께서 시장님과 코제트를 여기서 살 수 있도록 해 주신답니다."

"그래요? 정말 고맙구려."

"그런데 문제가 생겼습니다."

노인은 땅이 꺼질 듯 한숨을 쉬었다.

"무슨 문제가 생긴 것이오?"

"원장님이 은밀한 일을 제게 시켰어요. 돌아가신 수녀님께서 자기를 이 수녀원 제단 밑에 묻어 달라는 유언을 남겼답니다."

수녀원에서는 그동안 수녀가 죽으면 수녀원 안에 있는 제단 마루 밑에 시신을 묻어 왔다. 그런데 얼마 전부터 시청에서 위생상 좋지 않다는 이유로 공동 묘지에 묻으라고 명령했다.

"그래서 어떻게 하기로 했습니까?"

"시청에서 시체를 확인하고 가면 수녀님들이 몰래 시체를 빼내서 제단 마루 밑에 묻기로 했습니다. 그런데 그렇게 되면 관을 옮기는 일꾼들이 관이 비었다는 걸 알아챌 염려가 있습니다. 흙이나 돌멩이를 넣을 수도 없고……. 아, 이 일만 잘 마무리하

면 시장님은 정원지기가 될 수 있고, 코제트는 기숙사에서 학교에 다닐 수 있는데…….”

‘코제트가 학교에 다닐 수 있다면…….’

노인의 말에 귀를 기울이던 장발장이 나직이 말했다.

“그럼 그 관에 내가 들어가면 어떻겠소?”

노인은 깜짝 놀라 장발장을 말렸다.

“그, 그건 안 됩니다. 그 속에서는 숨도 제대로 못 쉴 겁니다.”

“관에 못을 박는 일은 누가 합니까?”

“그건 제가 합니다.”

“그렇다면 별 문제 없소. 못을 박은 뒤에 눈에 띄지 않게 송곳으로 구멍을 몇 개 뚫어 놓으면 될 것이오. 이외에는 달리 방법이 없지 않소? 뒷일은 하느님께 맡기는 수밖에 없소.”

장발장의 결의에 찬 말을 들은 노인은 고개를 끄덕였다.

“음, 그런데 묘지로 옮긴 뒤가 문젠데…….”

“그건 염려하지 마십시오. 제가 파내면 됩니다.”

“오, 그렇다면 다행이오.”

다음 날, 정해진 시각에 엄숙한 장례식이 치러지고 관은 묘지를 향했다. 물론 관 속에 있는 사람은 장발장이었다.

포슐르방 노인은 망태기에 코제트를 넣어 짊어지고 수녀원 밖으로 나갔다. 그는 수녀원 앞에 있는 과일 가게 노파에게 코제트를 맡기고 서둘러 묘지로 갔다.

해질 무렵이 되어서야 묘지에 따라왔던 사람들은 거의 돌아갔다. 그곳에는 매장을 담당한 젊은 인부와 포슐르방 노인만이 남았다.

젊은 인부가 흙덩이를 관 위로 뿌리기 시작했다. 그가 몸을 구부려 흙을 퍼 넣을 때 옷 주머니에서 하얀 허가증이 삐죽 나왔다. 노인은 인부를 돕는 척하다가 그의 주머니에 든 허가증을 슬쩍 빼냈다.

"아무래도 묘지 문이 닫히기 전에는 일이 끝날 것 같지 않군. 자네, 허가증은 잘 챙겼겠지?"

노인은 시치미를 뚝 떼고 말했다.

"그럼요."

젊은 인부는 대답을 하고 나서 주머니를 뒤져 보았다.

그는 당황했다.

"왜 그러나?"

"가지고 온 줄 알았는데……. 영감님, 어쩌면 좋지요?"

"허가증이 없으면 벌금 15프랑이야."

가난한 인부에게 그 돈은 큰돈이었다. 젊은 인부는 집에 가서 허가증을 가지고 오겠다며 정신 없이 뛰어갔다.

그의 모습이 사라지자 마음이 급해진 포슐르방은 관 위의 흙을 걷어 내며 외쳤다.

"시장님! 마들렌 시장님!"

관 속에는 장발장이 창백한 얼굴로 죽은 듯이 누워 있었다.

"이럴 수가!"

노인은 그 자리에 주저앉아 울음을 터뜨렸다. 자신의 목숨을 구해 준 장발장을 구하지 못했다는 생각에 가슴을 치며 통곡 했다. 그런데 그때 장발장이 신음 소리를 냈다. 노인은 장발장을 일으켜 세웠다. 죽은 줄만 알았던 장발장이 눈을 떴다. 노인은 뛸 듯이 기뻤다.

"살아 계셨군요. 돌아가신 줄 알았습니다."

장발장은 간신히 몸을 일으켜 멍하니 앉아 있었다.

"고맙소. 내가 기절했던 모양이오."

"자, 이 술을 드시고 기운을 차리십시오."

포슐르방 노인은 준비해 온 술병을 꺼냈다.

장발장은 그것을 마시고 몸이 따뜻해지자 기운을 차렸다. 그들은 술을 마시고 나서 구덩이를 메웠다. 그러고 나서 코제트가 있는 과일 가게로 갔다.

모든 일이 순조로웠다. 이제 장발장은 수녀원에서 일을 하며 살게 되었다. 코제트도 기숙사에 들어가 다른 여학생들과 함께 공부를 하였다.

원장 수녀는 하루에 한 시간씩 두 사람이 만날 수 있도록 허락해 주었다. 장발장에게는 코제트와 만나는 시간이 무엇보다도 소중했다.

세월이 흐를수록 코제트는 밝고 총명한 소녀로 커 갔다. 코제트를 지켜보는 장발장의 마음은 언제나 흐뭇했다. 평화롭고 즐거운 나날이었다. 그렇게 몇 년이 흘렀다.

마리우스, 사랑에 빠지다

루이 18세가 왕위에 올라 프랑스를 통치하게 되었을 때, 나폴레옹을 따르던 무리들은 살아가기 힘든 세상이 되었다.

그런 무리 가운데 퐁메르시라는 사람이 있었다. 그는 워털루 전쟁에서 적군의 군기를 빼앗는 공적을 세웠고, 그때 적군의 칼에 찔려 중상을 입었다. 나폴레옹은 그의 용기와 공적을 기려 남작 작위를 수여했다.

그러나 나폴레옹이 세인트 헬레나섬으로 유배되고, 루이 18세가 왕위에 오른 뒤 세상은 완전히 바뀌었다. 퐁메르시도 세상을 등지고 쓸쓸히 숨어 살았다.

퐁메르시는 질노르망이라는 갑부의 딸을 아내로 맞아 마리우스라는 남자아이를 낳았다. 그런데 그의 아내는 아이를 낳자 마자 세상을 떠나고 말았다. 질노르망은 어린 마리우스를 억지로 빼앗아 갔다. 나폴레옹을 위해 싸우는 퐁메르시를 미워했기 때문이었다. 그런 뒤 아들을 아버지 퐁메르시와 절대로 만나지 못하게 하고, '아버지는 아들을 버린 나쁜 사람'이라고 말했다.

아내를 잃고 아들마저 빼앗긴 퐁메르시는 쓸쓸하게 살고 있었다. 가끔 성당에 나가곤 했는데, 그곳에서 먼발치로나마 외할아버지와 함께 기도를 드리는 마리우스를 볼 뿐이었다. 그는 커다란 기둥 뒤에 서서 아들을 바라보며 홀로 눈물을 흘렸다.

세월이 흘러 마리우스가 열일곱 살이 되었을 때였다.

"네 아버지가 위독하다는 연락이 왔다. 내일 베르농으로 가서 아버지를 만나거라."

질노르망은 그다지 내키지 않았지만, 아들이 아버지의 죽음을 지켜보지 못하는 것은 예의에 어긋나는 일이라 생각했기 때문에 할 수 없이 손자를 보냈다.

마리우스도 자기를 버린 아버지를 보고 싶지 않았지만 할아버지가 시키는 일이라서 베르농으로 갔다. 그가 도착했을 때 이미 퐁메르시는 눈을 감은 뒤였다. 하지만 마리우스는 조금도 슬프지 않았다. 그는 아버지가 남겼다는 종이 쪽지를 읽었다.

나의 아들 마리우스에게

나는 워털루 전쟁에서 세운 공적으로 나폴레옹 황제로부터

남작 작위를 받았다. 지금의 정부는 그것을 인정하지 않으나,

너는 자랑스럽게 생각하길 바란다.

또한 워털루 전쟁에서 테나르디에라는 중사가 내 생명을

구해 주었다. 만일 이 사람을 만나게 되면 아버지를 대신하여

반드시 보답해 주기 바란다.

마리우스는 그 쪽지를 접어 주머니에 넣었다.

장례를 마친 뒤 파리로 돌아온 그는 아버지에 대한 생각은 곧 잊어버리고 법률 공부에 매달렸다.

그러던 어느 일요일이었다. 성당에 가서 기둥 옆자리에 앉았는데, 한 노인이 와서 마리우스 귀에 대고 속삭였다.

"젊은이, 그 자리는 내 자리라네."

"그래요? 죄송합니다."

마리우스는 일어나서 옆자리에 앉았다.

미사가 끝나자 노인이 마리우스에게 다시 말을 붙였다.

"아까는 내가 정말 미안했소. 나는 그 자리를 아주 좋아한다오. 왜 냐하면 두서너 달에 한 번씩 찾아오는 어떤 가엾은 남자

분 때문이라오."

노인은 마리우스에게 그 가엾은 남자에 대한 이야기를 해 주었다. 그는 아들이 오는 시간이 되면 기둥에 숨어서 아들을 바라보며 눈물을 흘렸지만, 그의 아들은 자기 아버지가 그곳에 올 거라는 걸 꿈에도 모르고 있었다고 얘기해 주었다. 집안 형편 때문에 그렇게밖에는 아들을 볼 수 없었다고도 덧붙였다.

"그런데 그 남자분은 어째서 그렇게밖에 아들을 만날 수 없었습니까?"

마리우스가 노인을 보며 물었다.

"그 사람의 장인이 아들을 빼앗아 갔기 때문이라오. 장인은 그 사람이 나폴레옹을 지지했다는 이유로 그를 미워해 아들을 낳자마자 데려갔다고 하오. 그는 아들의 장래를 위해 되찾으려 하지 않았지. 참 가여운 사람이라오. 그런데 요즘에는 그가 오지를 않네요. 아무래도 몹쓸 병이라도 걸린 모양이오."

마리우스는 노인의 말을 들으며 문득 그 사람이 혹시 자기 아버지가 아닐까 생각했다.

"그분 성함이 혹시 퐁메르시 아니었나요?"

"맞소! 젊은이가 어떻게 퐁메르시를 아시오?"

노인이 놀라 물었다.

"제가 바로 그분의 아들입니다."

"아니! 젊은이가 바로 그분의 아들이었소? 그러고 보니 닮은 데가 많구려!"

마리우스는 노인의 이야기를 들으면서 비로소 아버지의 마음을 알게 되었다.

다음 날부터 그는 도서관에 가 나폴레옹 시대의 신문이며 잡지 등을 찾아 읽었다. 나이 든 장군을 찾아가 아버지에 대한 이야기를 물어 보기도 했다.

그러는 동안 마리우스는 아버지 퐁메르시가 얼마나 훌륭하고 용감한 군인이었는지 알게 되었다. 또한 프랑스의 역사에 대해서도 새롭게 눈을 뜨기 시작했다.

그때까지 마리우스는 법률 공부만 했지, 사회나 역사에 대한 공부는 많이 하지 않은 편이었다. 나폴레옹을 싫어하는 외할아버지의 이야기만 듣고 나폴레옹을 나쁘게 생각해 왔던 것이다. 그러나 이제는 달랐다. 그는 아버지를 나쁜 사람이라고만 말해 준 외할아버지가 원망스러웠다. 그리고 그동안 자신이 얼마나 잘못 살았는지 깨달았다.

마리우스는 곧 나폴레옹을 따르는 공화당파에 들어가 젊은이들과 어울리기 시작했다. 이를 안 질노르망은 몹시 화를 냈다.

마리우스는 더 이상 외할아버지와 살 수 없다는 생각이 들어 집을 나왔다.

그가 집을 나와 살게 된 곳은 다름 아닌 콜보의 집이었다. 장발장과 코제트가 수녀원으로 도망치기 전에 살았던 바로 그 집이었다.

친구의 도움으로 작은 출판사에 취직한 그는 어려운 생활을 하면서도 용기를 잃지 않았다. 한편으로는 법률 공부를 하면서 공화당파의 모임에 빠지지 않고 나갔다. 또 아버지를 구해 준 테나르디에를 수소문하여 찾아다니기도 했다.

출판사에서 일은 하지만 생활은 힘들었다. 또한 아버지에 대한 그리움이 밀려들 때면 가끔 뤽상부르 공원으로 산책을 나가곤 했다.

뤽상부르 공원에 산책을 다니기 시작한 지 얼마 되지 않아, 마리우스는 나이가 지긋한 노신사와 예쁘장한 소녀를 보게 되었다. 그들은 아버지와 딸인 듯 아주 다정해 보였다.

마리우스는 언제부터인가 그들을 눈여겨보게 되었다. 그래서 일부러 그들이 앉은 벤치 앞을 무심히 지나는 척하면서 그 소녀의 모습을 자세히 살펴보았다. 그러다 문득 소녀와 눈이라도 마주치게 되면 그의 가슴은 쿵쿵 뛰었다.

그러던 어느 날, 고운 햇살이 내리쬐고 바람이 산들산들 부는 날이었다. 푸른 잔디와 예쁜 꽃들이 피어난 뤽상부르 공원은 참 아름다웠다.

마리우스는 연못에서 노니는 백조를 바라보면서 어떻게 하면 소녀에게 자신의 마음을 전할 수 있을까 생각했다.

'내 마음을 전하면 소녀도 나에게 관심을 가지게 될 거야.'

마음을 굳게 먹은 마리우스는 일어서서 소녀와 노신사가 앉아 있는 곳으로 가기 시작했다. 태연한 척하며 평소보다 더 씩씩하게 걸었다. 한 걸음 한 걸음 그들에게 가까워질수록 가슴은 심하게 떨려 오고, 얼굴은 벌겋게 달아올랐다.

하지만 막상 두 사람 앞에 간 그는 아무 말도 할 수가 없었다. 소녀에 대한 그리움에 너무나 괴로웠던 마리우스는 어느 날, 그들의 뒤를 따라갔다. 그들이 들어간 곳은 인적이 드문 골목에 있는 건물이었다.

두 사람이 집으로 들어간 뒤, 마리우스는 수위에게 물었다.

"지금 들어간 노인은 어떤 분인가요?"

"4층에 사는 노인 말씀이십니까? 연금을 받아서 생활하는 사람인데, 그다지 부자도 아닌 것 같은데 어려운 사람을 잘 도와주는 분이지요."

"이름이 뭐예요?"

"당신, 혹시 형사입니까?"

수위는 이상한 눈으로 마리우스를 바라보았다. 그 바람에 더 이상 묻지 못하고 집으로 돌아왔다.

마리우스는 이제 공원에서 그들이 집으로 돌아갈 때는 항상 뒤를 밟았다. 그러다 하루는 노신사가 소녀를 먼저 들어가게 한 뒤, 그를 바라보았다. 마리우스는 얼른 돌아서서 걸었다.

그런데 그 다음 날, 두 사람이 공원에 나타나지 않았다. 마리우스는 하루 종일 기다리다 그들이 사는 곳을 찾아갔다. 4층을 올려다보았지만 창문 안은 어두웠다.

"4층에 사는 분들에게 무슨 일이 생겼습니까?"

"그분들은 어제 이사 갔습니다."

순간, 마리우스는 땅이 꺼지는 것만 같았다. 힘없는 목소리로 다시 물었다.

"어디로 갔는지 아세요?"

"그건 내가 알 바 아니지요."

절망에 빠진 마리우스는 터덜터덜 집으로 돌아왔다.

종드레트의 음모

노신사와 소녀가 떠나고 시간은 하염없이 흘러 어느새 몇 달이 훌쩍 지나갔다. 마리우스는 책상에 앉아 책을 읽으려고 무진 애를 썼다. 하지만 자꾸 소녀 생각이 나서 글이 눈에 들어오지 않았다.

그러던 어느 날, 누군가 마리우스의 방문을 두드렸다.

문 앞에는 몹시 초라한 소녀가 수척한 얼굴로 서 있었다.

"무슨 일입니까?"

"저는 옆방에 사는 종드레트 씨 딸이에요. 아버지가 편지를 전해 드리라고 해서 왔어요."

"저에게 편지를요?"

마리우스는 내심 의아했지만, 소녀가 건네 준 편지를 받아 들고 천천히 읽어 보았다.

친절하신 분께
얼마 전 당신이 이름도 밝히지 않은 채 저희의 밀린 방세를
내 주신 일을 진심으로 감사드립니다.
저희는 사흘 동안 빵 한 조각도 먹지 못했습니다.
게다가 아내는 병들어 누워 있습니다.
염치없지만 도움을 부탁드립니다.
은혜는 잊지 않겠습니다.
                                        -종드레트-

마리우스가 편지를 읽고 생각에 잠겨 있는 동안 소녀는 책상으로 다가갔다.
"아, 여기 책이 있네!"
소녀는 책을 집어 들더니 눈을 반짝이며 읽었다.
"워털루 전쟁! 그건 나도 알아요. 우리 아버지도 참가했거든요. 중사였대요."
마리우스는 중사라는 말을 듣고 귀가 번쩍 뜨였다. 그의 아버

지 목숨을 구해 준 중사가 생각났기 때문이다. 옆방의 사내가 중사로 워털루 전쟁에 참가했다는 말을 듣자, 소녀가 갑자기 불쌍해 보였다.

마리우스는 주머니를 뒤져 5프랑 60수우를 찾아냈다. 그것은 그의 전 재산이었다. 그는 60수우만 남기고 나머지 5프랑을 소녀에게 주었다.

"어머나! 5프랑짜리 금화를 주시다니, 고맙습니다. 정말 고맙습니다."

소녀는 활짝 웃더니 그만 돌아가야겠다고 말했다.

"저는 이제 성당에 가야 해요. 미사에 꼬박꼬박 오는 노인이 있는데, 저희에게 많은 돈을 주시거든요. 빨리 편지를 주고 돈을 얻어야 해요."

마리우스는 소녀의 말에 기분이 상했다. 아무리 가난하다지만 딸을 내세워 구걸을 하다니…….

그때 벽 천장 가까운 부분에 틈이 난 것이 보였다. 그는 곧 그 틈새로 옆방을 조심스럽게 들여다보았다. 옆방은 어둠침침하고 몹시 지저분해서 마치 돼지우리 같았다. 나이가 예순 살쯤 돼 보이는 남자가 탁자 앞에 앉아 편지를 쓰고 있었다. 종드레트가 틀림없었다. 그는 또 누군가에게 구걸을 하기 위해 편지를 쓰는 것이 분명했다.

종드레트는 어딘지 모르게 잔인하고 교활한 것 같았다. 그의 부인처럼 보이는 뚱뚱한 여자는 몸을 웅크리고 앉아 있었고, 그 옆에는 비쩍 마른 소녀가 앉아 있었다. 조금 전에 마리우스를 찾아왔던 소녀의 동생인 것 같았다.

시간이 조금 지난 뒤, 아까 자신을 찾아왔던 소녀가 들어오는 것이 보였다.

"아버지, 그 노인이 와요."

종드레트는 펜을 내던지며 물었다.

"정말이냐? 그 늙은이가 편지를 읽었단 말이지?"

"네, 성당에 가서 편지를 전했어요. 마차 부르는 것을 보고 온 걸요. 아마 항상 붙어다니는 그 딸도 올 거예요."

"고맙기도 해라! 그 늙은이, 이제 잘 걸려들었군. 자, 얼른 물을 끼얹어서 난롯불을 꺼라!"

종드레트는 그렇게 말하고 침대를 뜯어 안에 있는 천들을 끄집어 내기 시작했다. 그러더니 그것들을 여기저기 뿌리면서 작은 딸에게 유리창을 깨라고 했다.

"아직도 모르겠어? 돈을 뜯어내려면 될 수 있는 대로 비참하게 보여야 할 거 아냐? 넌 어서 창문이나 깨!"

부인에게도 큰 소리로 외쳤다.

"당신은 중병에 걸린 사람이라고! 어서 가서 누워!"

밖에는 눈이 내리고 있었다. 찬바람이 깨진 창문으로 휙휙 몰아쳤다.

그의 부인은 누워서 끙끙대고, 두 딸은 불 꺼진 난로 옆에 바싹 다가앉아 오들오들 떨어 댔다.

"그림이 아주 좋아. 이 꼴을 보면 어느 누구라도 돈을 듬뿍 내놓고 싶어질 거야. 그런데 이 늙은이는 왜 이렇게 안 오는 거야"

이렇게 투덜거리고 있을 때 문 두드리는 소리가 났다.

'똑똑!'

종드레트는 쪼르르 달려가 방문을 열어 주었다.

"이렇게 와 주시다니 정말 고맙습니다. 누추하지만 안으로 들어오시지요."

노신사와 아가씨가 안으로 들어왔다.

이를 엿보고 있던 마리우스는 깜짝 놀라 소리를 지를 뻔했다. 방으로 들어온 사람들은 그가 그토록 그리워하던 뤽상부르 공원의 소녀와 노신사였다.

마리우스는 그녀를 보고 기뻐서 어쩔 줄 몰랐다. 가슴이 콩콩 뛰고 얼굴이 환하게 밝아졌다.

노신사는 방 안을 둘러본 뒤, 탁자 위에 큰 꾸러미 하나를 올려놓았다.

종드레트의 눈이 음흉하게 빛났다.

"새 옷과 담요, 양말을 좀 가지고 왔소. 도움이 되었으면 좋겠구려."

노신사가 따뜻한 목소리로 말했다.

"아이고, 고맙기도 하셔라. 이런 분이 세상에 또 있을까. 정말 고맙습니다."

종드레트는 머리를 조아렸다. 그러나 마음속으로는 이런 시시한 것 말고 어떻게 하면 돈을 뜯어낼까 머리를 굴렸다.

"저, 나리. 난로가 꺼진 저희 방은 너무나 춥고, 먹을 만한 빵한 조각 없습니다. 유리창은 깨져 눈이 들이치고, 제 아내는 약국에 갈 돈이 없어 이렇게 몸져 누웠습니다. 그리고 또 딸은 손을 다쳐 어쩌면 팔을 잘라야 할지도 모릅니다."

노신사가 소녀의 다친 손을 살피는데 종드레트가 말했다.

"나리, 게다가 저희는 이 집에서조차 쫓겨날 판입니다. 그동안 밀린 방세 60프랑을 내지 않으면 주인이 가만두지 않겠다고 합니다."

노신사는 주머니에서 5프랑을 꺼내 주면서 지금은 돈이 이것밖에 없다고 했다. 하지만 저녁 6시에 다시 들르겠다고 약속한 뒤 밖으로 나갔다.

이 모습을 지켜보던 마리우스는 너무나도 놀랐다. 종드레트의 거짓말에 노신사가 속는 것을 보니 화가 치밀었다. 그러나 이제 만날 수 없다고 생각했던 소녀를 다시 보자 기쁘기도 했다.

그는 두 사람의 뒤를 쫓으려고 현관으로 달려나갔다. 그러나 이미 마차는 따라잡을 수 없을 정도로 멀어진 뒤였다.

실망한 마리우스가 방으로 들어가려는데 종드레트의 큰딸이 기다리고 있었다. 그는 무뚝뚝하게 말했다.

"이번엔 또 뭡니까?"

큰딸은 쭈뼛거리며 입을 열었다.

"무슨 일 있으세요? 얼굴이 어쩐지 슬퍼 보여요."

"아무 일 없으니 상관하지 마시오."

"아니에요. 당신은 저희를 도우셨어요. 제가 도울 일이라면 무엇이든 하겠어요."

마리우스는 잠시 당황했으나 혹시나 하는 마음으로 물었다.

"방금 아가씨 방에 다녀간 그 사람들이 어디 사는지 알아요?"

"몰라요. 그건 왜요?"

"그럼 됐습니다."

"그렇지만 알아낼 수는 있어요."

마리우스가 방으로 들어가려다 우뚝 섰다.

"대신 주소를 알아 오면 저에게 무엇을 해 주시겠어요?"

"무엇이든지 원하는 대로 해 주겠습니다."

"좋아요. 그럼 꼭 알아 올게요."

소녀는 마리우스를 빤히 보더니 곧 밖으로 나갔다.

방으로 들어온 마리우스는 조금 전 옆방의 이상한 광경에 대해 곰곰이 생각했다. 하지만 노신사와 소녀가 어떻게 이곳에 오게 되었는지 알 도리가 없었다.

그때 옆방에서 종드레트가 떠드는 소리가 들렸다.

"틀림없어! 분명히 그놈이라고!"

그는 다시 옆방을 들여다보았다.

종드레트는 눈을 번뜩이면서 주먹을 불끈 쥔 채 방 안을 왔다 갔다 하고 있었다.

"하지만……. 그럴 리 없어요."

부인은 믿을 수 없다는 말투였다.

"당신 눈은 폼으로 달렸어? 벌써 8년이나 지난 옛날 일이지만 나는 그 작자인 줄 첫눈에 알아봤어. 차림새는 그때보다 나아졌지만 목소리나 얼굴은 그대로야. 그리고 또 한 가지는……."

그의 부인은 눈을 끔벅였다.

"그 작자가 데리고 온 딸이라는 계집애 말야. 그 계집애가 바로……."

종드레트가 아내의 귀에다 너무 작게 속삭이는 바람에 마리우스는 무슨 말인지 알아들을 수가 없었다.

"그 애가요? 설마!"

부인은 분해서 소리쳤다.

"세상에! 그렇게 멋지게 차려입은 아가씨가 그 애라니, 아이고 분해!"

"너무 분해하지 마! 내게 좋은 생각이 있어. 놈이 6시에 온다고 했으니까 그때 돈을 왕창 뜯어내는 거야. 친구들 서너 명을 불러서 놈을 해치우면 우린 부자가 될 수 있어."

"그래요! 좋은 생각이에요."

옆방을 엿보던 마리우스가 벽장에서 내려왔다. 종드레트의 무서운 흉계에 그 노인뿐 아니라 소녀까지도 다칠 염려가 있다고 생각한 그는 곧장 경찰서로 달려갔다.

경찰서에 들어선 마리우스를 키가 큰 형사가 날카로운 눈빛으로 쏘아보았다.

"무슨 일이오?"

"다급한 일이 생겼습니다."

마리우스는 형사에게 조금 전 자신의 옆방에서 일어난 일을 상세히 들려주었다.

"아, 그 집? 복도 맨 구석방에 사는 종드레트라는 사기꾼 놈을 나도 잘 알고 있소. 그놈은 착한 사람들을 속여 돈을 뜯어내는 나쁜 놈이오."

형사는 불안해 하는 마리우스에게 권총을 주었다.

"이걸 가지고 방에 숨어 계십시오. 만일 노신사와 아가씨에게 위험이 닥치면 천장을 향해 총을 쏘아 신호를 보내시오. 그러면 우리가 들어가겠소. 하지만 너무 서두르지는 마시오."

마리우스는 고개를 끄덕이며 권총을 챙겼다.

"혹시 그 전에라도 연락할 일이 생기면 날 찾으시오. 난 자벨 이라고 하오."

조마조마한 순간

마리우스는 아무에게도 들키지 않게 살그머니 자기 방으로 들어갔다.

이제 6시가 다 되어 가고 있었다. 그는 벽장 위로 기어 올라가 옆방의 동태를 살피다 그만 깜짝 놀라고 말았다. 석탄이 활활 타오르는 난로 안에는 인두가 시뻘겋게 달구어져 불꽃을 튀기고 있었다. 탁자에는 양초 한 자루가 켜져 있었는데, 그 때문에 종드레트와 부인의 얼굴이 완전히 발갛게 물들어 마치 악마처럼 보였다.

잠시 후, 성당의 대형 시계가 6시를 알렸다. 약속 시간에 정확히 문을 두드리는 소리가 났다.

종드레트 부인이 문을 열고 억지 웃음을 띤 채 공손하게 노신사를 맞았다.

"아이고, 어서 오십시오, 나리."

노신사가 들어왔다. 그런데 이번에는 혼자였다.

그는 탁자 위에 80프랑을 내놓으며 말했다.

"이것으로 밀린 방세를 치르고 당장 필요한 것을 사십시오. 그 다음 일은 차차 의논하도록 합시다."

"고마우셔라! 나리에게 하느님의 축복이 있기를 빕니다."

그렇게 말하고 나서 종드레트는 부인에게 속삭였다.

"어서 이 늙은이의 마차를 돌려보내!"

부인은 서둘러 밖으로 나가서 마차를 떠나보냈다.

"따님은 어떻습니까?"

"아, 네. 상처가 심해져서 병원에 갔습니다."

"그렇습니까? 부인은 몸이 좀 나아지셨나 보군요."

"아, 아닙니다. 지금도 썩 좋지는 않지만 워낙 억척스러워서 가만히 누워 있질 못한답니다."

종드레트는 태연하게 거짓말을 했다.

그때 방문이 열리며 건장한 사내가 들어왔다. 불량스럽게 생긴 그 사내의 양팔에는 흉측한 문신이 새겨져 있었다.

사내를 본 노신사가 물었다.

"저 친구는 누굽니까?"

"아, 옆방 사람인데 신경 쓰지 마십시오."

종드레트는 노인의 시선을 다른 데로 돌리기 위해 말했다.

"나리, 저희들은 이렇게 가난한 생활을 하고 있어서 돈이 될만한 것들은 전부 팔아치웠습니다. 그래도 그림만은 한 장 가지고 있는데 나리께서 사 주신다면 정말 감사하겠습니다."

종드레트가 능청을 떨고 있을 때, 다시 문이 열리면서 수상쩍어 보이는 무리가 험악한 얼굴을 하고 들어왔다.

종드레트가 그림을 꺼내 왔다. 그림은 아주 조잡한 것으로 어디서나 볼 수 있는 싸구려였다.

노신사는 그림을 보면서 흘낏 시선을 돌렸다. 이미 네 명의 사내들이 버티고 서 있었다.

"이 그림을 사 주시지 않겠습니까? 제가 무척 아끼는 그림이랍니다."

"삼류 간판 같군요. 한 3프랑 정도나 나갈까요?"

"에이, 나리. 무슨 농담을 그렇게 하십니까? 5천 프랑까지 깎아 드릴 수 있는데."

이 말을 듣자 노신사가 벌떡 일어서서 벽을 등지고 방 안을 휘

둘러보았다.

종드레트는 이제 때가 되었다는 듯이 갑자기 태도를 바꾸고는 소리쳤다.

"이봐! 내 얼굴을 똑똑히 봐! 날 모른다고 시치미를 떼지는 않겠지?"

"난 모르오. 내가 어떻게 당신을 안단 말이오."

노신사는 종드레트가 얼굴을 코앞에 들이대는 바람에 두어 걸음 뒤로 물러섰지만 당당하게 말했다.

이때 다른 세 남자가 더 들어왔다. 그들은 쇠막대기와 도끼, 굵은 쇠사슬 같은 무시무시한 무기들을 들고 있었다. 당장이라도 무슨 일을 저지를 것만 같은 그들을 보며 노신사는 주먹을 불끈 쥐었다.

몰래 그 광경을 지켜보던 마리우스의 등줄기에 식은땀이 흘렀다. 마리우스는 권총의 방아쇠를 만지작거렸다.

종드레트는 험악한 말투로 소리쳤다.

"날 모르겠다고? 흥, 좋아! 가르쳐 주지. 난 종드레트가 아니야! 난 테나르디에야! 몽페르메유의 여인숙 주인! 이제 알겠지!"

노신사는 순간 놀라는 기색을 보이다 곧 담담하게 말했다.

"모르겠소."

그러나 정작 놀란 것은 마리우스였다. '테나르디에!'라는 말을 듣는 순간 그는 하마터면 손에 쥔 총을 놓칠 뻔했다.

'테나르디에라면 워틸루의 용사! 아버지의 목숨을 구해 준 사람이 아닌가? 아버지의 은혜를 갚기 위해 그토록 찾아 헤맸던 중사가 바로 저 인간이라니!'

마리우스는 도저히 믿지 않았다. 저토록 흉악한 인간에게 보답을 하기 위해 그토록 찾아 헤맸다는 것을 생각하니 자신이 한심해지기까지 했다.

'아, 어쩌란 말인가? 지금 총을 쏘아 신호를 보내면 노신사는 무사할 것이다. 하지만 아버지의 유언을 어겨야 한다!'

마리우스는 매우 난처한 입장에 빠졌다.

그때 테나르디에가 다시 노신사를 쏘아보며 위협했다.

"그래도 나를 모른다고? 멍청한 늙은이 같으니라구! 8년 전 크리스마스 밤에 우리 여인숙에 나타나서 그 아이를 데려간 것이 바로 영감이었잖아! 내가 그 애를 키우느라 쓴 돈을 제대로 주지도 않고 말이야. 그걸 모른다는 게 말이나 돼?"

테나르디에가 소리를 질러 댔다. 노신사가 아무런 대꾸도 하지 않자, 그는 사내들과 의논을 하려고 등을 돌렸다.

노신사는 그 틈을 타 재빨리 의자를 걷어차고 탁자를 뒤집고는 창가로 뛰어갔다.

"잡아라!"

노신사가 창문에 발을 걸치고 밖으로 뛰어내리려는 순간, 악당들에게 옷자락을 잡히고 말았다.

"이 영감탱이가 어딜! 내가 그렇게 우습게 보여? 이래 봬도 난 워털루 전쟁에서 훈장까지 받은 영웅이야. 계급 높은 군인을 구해 준 용사란 말이야."

마리우스는 절망했다. 아버지를 구했다는 그 테나르디에가 틀림없었던 것이다.

노신사의 양팔은 꽁꽁 묶이고 두 다리는 침대 끝에 묶였다.

테나르디에는 노신사 앞으로 의자를 끌어당겨 앉더니 갑자기 간사한 목소리로 속삭였다.

"이거 보시오, 나리. 우리 좋게 해결합시다. 창문으로 뛰어내린다고 당신을 못 잡을 것 같소? 괜히 다리라도 부러져 봐요. 몸만 다치지 좋을 게 뭐 있겠소. 딴 맘 먹지 말고 순순히 말을 듣는 게 어떻겠소?"

노신사는 여전히 아무 대꾸도 하지 않았다.

"다른 사람 같으면 벌써 살려 달라고 소리치고 난리가 났을 텐데 신음 소리 하나 내지 않는 것을 보면, 당신도 나처럼 경찰을

싫어하나 보지? 그렇다면 뭔가 뒤가 구리다는 얘긴데⋯⋯. 어때, 얘기를 빨리 끝내자고."

테나르디에는 씩 웃으며 난로에 꽂힌 시뻘건 인두를 들어 보였다.

"어쨌든 우린 돈이 필요하단 말야. 한 20만 프랑쯤이면 될 텐데 말이야."

노신사는 여전히 입을 다물고 있었다.

"그래, 지금 당장은 가진 돈이 없다는 거 알아. 그러니까 내가 하는 말을 그대로 종이에 받아 적으면 되는 거야."

테나르디에는 잉크와 종이를 탁자 위에 놓았다. 그러고는 노신사의 오른쪽 팔을 풀었다.

"나도 좋아서 하는 짓은 아냐. 먹고살려고 하는 거지. 얌전하게 내 말만 들으면 풀어 주겠다!"

"뭐라고 쓰면 되겠소?"

"좋아! 역시 머리가 잘 돌아가는 양반이군. '애야, 지금 바로 꼭 오너라. 이 편지를 전해 주는 사람이 너를 안내할 것이다. 너를 기다리고 있겠다.' 이제 됐어. 거기 서명하는 것 잊지 말고 영감 주소도 써!"

노신사가 편지를 다 쓰자, 테나르디에는 부인을 불렀다.

"밖에 가서 마차를 불러. 누구 한 사람 따라가는 것이 좋겠어. 그 딸이란 계집애를 빨리 데리고 와!"

부인은 곧 악당 중 하나를 데리고 밖으로 나갔다.

테나르디에는 마차가 떠나는 것을 확인한 뒤, 이야기를 계속했다.

"내 아내가 곧 당신 딸을 다른 곳에 숨겨 둘 거야. 당신이 2만 프랑을 구해 오면, 코제트는 손끝 하나 건드리지 않고 돌려 보내 주겠어."

이를 엿보던 마리우스는 초조해졌다. 악당들은 그 소녀를 어딘가에 숨기려 하고 있었다. 그렇다고 지금 권총을 쏘아 경찰에게 알릴 수도 없는 노릇이었다. 그렇다면 소녀 아버지는 무사하겠지만, 소녀의 생명은 위험에 빠질지도 몰랐다.

얼마 지나지 않아 부인이 헐떡거리며 뛰어 들어왔다.

"엉터리 주소예요! 이 영감이 우리를 속인 거예요!"

마리우스는 안도의 숨을 내쉬었다.

"뭐? 가짜 주소란 말이지? 이봐, 왜 날 속였지?"

테나르디에를 노려보던 노신사가 벌떡 일어났다. 놀랍게도 묶여 있던 밧줄은 전부 끊어져 있었다. 한쪽 다리만이 침대에 묶여 있을 뿐이었다. 악당들이 놀라 우르르 덤벼들려고 하자, 노신사는 그들보다 먼저 난로 쪽으로 몸을 기울여 시뻘겋게 달구어진 인두를 덥석 잡았다.

악당들은 멈칫하며 뒤로 물러섰다.

"한꺼번에 덤비면 잡을 수 있어!"

악당들이 저마다 쇠막대기와 도끼를 들고 덤벼들려고 했다.

그러자 노신사는 불호령을 내리듯 소리쳤다.

"난 목숨 같은 건 아깝지 않은 사람이다. 너희들이 협박한다고 내가 그 따위 일을 할 것 같으냐? 자, 다들 똑똑히 봐라!"

노신사는 그 말이 끝나기가 무섭게 시뻘건 인두를 서슴없이 자기 팔뚝에 대고 지졌다.

'지지직!'

살 타는 냄새가 방 안에 진동했다. 악당들의 얼굴이 새파랗게 질렸다. 그러나 노신사에게서는 고통이나 증오의 빛이 전혀 보이지 않았다. 노신사는 담담한 눈길로 테나르디에를 쳐다보면서 조용히 말했다.

"이제 알겠지? 너희들 같은 건 조금도 두렵지 않다. 어디 마음대로 해 봐라."

노신사는 인두를 창밖으로 내던졌다.

"해치워!"

　악당들은 소리를 지르면서 노신사에게 달려들었다. 테나르디에는 예리한 칼까지 들고 있었다.

　한편, 마리우스는 아직도 권총을 쏘아야 할지 말아야 할지 결단을 못 내리고 있었다.

　그 순간이었다.

　"꼼짝 마라!"

　한 사내가 외치며 뛰어들었다.

마리우스의 신호를 기다리다 못한 자벨이 먼저 들이닥친 것이었다.

"이런! 벌써 냄새를 맡았군."

테나르디에와 악당들은 경찰관 수가 더 많은 것을 보고 항복했다. 테나르디에는 칼을 머리 위로 번쩍 쳐들었지만 곧 체포되고 말았다.

테나르디에와 악당들의 손에 수갑이 채워졌다.

자벨은 탁자 앞에 앉아서 테나르디에와 악당들의 이름을 적었다. 그리고 부하 경찰에게 말했다.

"저 노인을 이리로 모셔 와!"

경찰관들이 주위를 둘러보았으나 노신사는 이미 사라지고 없었다. 그는 혼란한 틈을 타 재빨리 창문으로 빠져나간 것이다.

자벨이 탁자를 치며 벌떡 일어나 말했다.

"놓쳤구나! 아까부터 얼굴을 푹 파묻고 있는 게 낌새가 안 좋았어. 그자를 먼저 잡았어야 되는 건데!"

코제트, 떠나다

　마리우스는 콜보의 집을 나와 친구의 아파트로 이사했다. 악마의 소굴과도 같은 그곳에서 한시도 더 살고 싶지 않았다.

　노신사와 아가씨가 사라진 뒤 실의에 빠진 마리우스는 거리를 방황했다. 거리에서는 왕당파에 반대하는 젊은이들의 시위가 자주 일어났다.

　친구들이 함께 시위에 나가자고 권했지만, 마리우스는 떠나버린 코제트에 대한 그리움 때문에 혼자 쓸쓸히 지낼 뿐이었다. 우연히라도 코제트를 만날 수 있지 않을까 해서 하루 종일 거리를 걸어다녔다.

　그러던 어느 봄날, 그는 여느 때와 마찬가지로 쓸쓸하게 산책을 하고 있었다. 그러다 테나르디에의 큰딸 에포닌을 우연히 만나게 되었다.

에포닌이 호들갑스럽게 말했다.

"그날 경찰서에 끌려가서 2주나 고생하다 나왔어요. 하지만 당신을 찾느라고 두 달 동안 헤맨 것에 비하면 아무것도 아니에요. 그런데 이렇게 만나다니!"

"왜 날 찾아다녔지요?"

"잊었어요? 나한테 그 아가씨가 어디 사는지 알아봐 달라고 했잖아요."

"아니! 주소를 알아냈단 말인가요? 그럼 어서 주소를 알려 주십시오!"

"주소를 알려 주면, 당신은 나에게 뭘 해 줄 수 있죠?"

"무엇이든 좋아요. 원하는 대로 해 줄게요."

마리우스는 주머니에서 5프랑을 꺼내 에포닌에게 내밀었다.

에포닌은 그것을 뿌리치며 슬프게 말했다.

"제가 바라는 것은 돈 같은 게 아니에요."

마리우스는 당황하여 에포닌을 쳐다보았다.

그의 관심이 온통 노신사의 딸에게 가 있는 것을 안 에포닌은 슬펐지만, 마리우스를 아가씨의 집으로 안내했다. 에포닌은 마

리우스가 사랑하는 아가씨가 테나르디에의 여인숙에서 구박받
던 코제트라는 사실을 꿈에도 생각하지 못했다.

한편, 콜보의 집에서 도망쳐 나온 노인은 다름 아닌 장발장이
었다. 수녀원에서 정원지기로 일하던 시절, 장발장은 더없이 즐
겁고 행복했다. 자벨 형사에게 쫓길 염려도 없었다. 하지만 장
발장은 자기가 늙어 죽기라도 하면 코제트가 수녀가 될지도 모
른다는 생각을 했다. 그래서 포슐르방 노인이 죽자, 코제트를
데리고 수녀원을 떠났다.

장발장은 수녀원에 들어간 지 6년이나 지났기 때문에, 끈질긴
자벨도 이젠 자신을 잊어버렸을 것이라고 생각했다. 하지만 만
일을 위해 이름을 포슐르방으로 바꾸고 세 군데에 집을 마련하
여 살았다.

코제트는 집 안 구석구석을 아름답게 꾸미고, 창문에는 분홍
빛 커튼을 달았다. 장발장은 날씨가 조금만 추워져도 코제트의
방에 불을 활활 피워 따뜻하게 잘 수 있도록 했다. 날이 갈수록
예뻐지는 코제트를 지켜보며 장발장은 행복했다.

장발장과 코제트는 늘 가까운 공원으로 산책을 나갔다. 일요
일에는 성당 미사에 참석하고, 불쌍한 사람을 만나면 그냥 지나
치지 않았다. 공원에 산책을 나가기 시작한 지 얼마 지나지 않

아 코제트는 벤치에 앉아 책을 읽는 한 청년을 보게 되었다. 조용하고 진지한 표정의 멋진 청년은 다름 아닌 마리우스였다.

마리우스가 공원에서 코제트에게 사랑의 감정을 품었듯이 코제트 또한 그를 흠모하였다. 마리우스가 자신의 마음을 전할 수 없었듯이 코제트도 속으로만 마리우스를 사모했던 것이다.

그러다 마침내 마리우스가 두 사람의 뒤를 밟게 되었고, 이를 알아차린 장발장은 잔뜩 긴장하게 되었다. 낯선 청년이 자신의 뒤를 쫓는 것을 보고 불현듯 떠오른 자벨 생각에 집을 옮기지 않을 수 없었다.

그런 사실을 몰랐던 마리우스는 떠나 버린 코제트를 못내 아쉬워하며 공원에도 나가지 않았던 것이다. 코제트 역시 집을 옮긴 뒤에도 다시 산책을 나갔지만, 마리우스를 다시 볼 수 없었다. 마리우스에 대한 그리움으로 코제트는 쓸쓸하고 우울했다.

콜보의 집에서 인두로 지진 상처가 다 나은 장발장은 어느 날, 몽트레유 쉬르 메르에 다니러 갔다. 장발장은 돈이 필요할 때면 숲속에 숨겨 둔 돈을 조금씩 꺼내다 썼다.

그날 밤, 코제트는 정원에 나가 초롱초롱 빛나는 별을 바라보며 마리우스를 생각하고 있었다. 그런데 문득 어디선가 인기척이 들렸다. 정원 구석에서 누군가 자신을 보고 있다는 느낌이

들어 뒤돌아보니 그가 다가왔다.

"어머나!"

코제트는 깜짝 놀랐다. 그는 다름 아닌 마리우스였다.

"놀라셨다면 죄송합니다."

처음으로 말을 주고받았지만 두 사람은 아주 오래전부터 알고 지내던 사람들처럼 서로 포근함을 느꼈다.

그 뒤로 마리우스는 틈만 나면 코제트를 찾아가게 되었다.

두 사람은 행복에 푹 빠져 꿈을 꾸는 듯한 나날을 보내고 있었
다. 하지만 코제트의 마음 한 구석에는 장발장에게 미안한 마음
이 자리잡고 있었다. 마리우스에 대해 이야기하면 장발장이 슬
퍼할 것만 같은 생각이 들었다.

그렇게 밤마다 두 사람이 만나기 시작한 지 두 달쯤 된 어느
날 저녁, 다른 날과는 달리 코제트의 표정이 몹시 어두웠다.

"무슨 좋지 않은 일이라도 있나요?"

"아버지께서 곧 영국으로 여행을 가자고 하셨어요."

"영국이라니?"

마리우스는 너무 놀라 목소리를 높였다. 가슴이 무너져 내릴
것만 같았다. 더 이상 만날 수 없다고 생각하니 온몸의 힘이 다
빠져나가는 것 같았다.

"코제트, 당신이 떠나면 나 혼자 어떻게 살란 말이오. 당신이
공원에 나타나지 않고부터 난 얼마나 괴로웠는지 몰라요. 아,
그런데 또 당신이 떠난다니……. 난 이제 어쩌란 말이오."

울먹이는 마리우스를 안타깝게 바라보던 코제트가 마음을 굳
게 먹고 말했다.

"당신도 우리와 함께 떠나면 안 되나요?"

"나는 가난한 변호사요. 돈이 한 푼도 없어요."

코제트는 당장이라도 울음을 터뜨릴 것만 같았다.

마리우스는 여러 가지 고민을 거듭한 끝에 말했다.

"코제트, 우리는 절대 헤어지지 않아요. 결코 당신을 혼자 떠나게 하지 않겠소. 내 말 잘 들어요. 내일 저녁에는 올 수 없지만 모레 저녁에는 틀림없이 올 테니 나를 믿고 꼭 기다려요!"

코제트는 마리우스를 바라보며 고개를 끄덕였다. 그는 혹시 무슨 일이 생길지도 모른다며 집 주소를 알려 주고 떠났다.

다음 날, 마리우스는 마음을 굳게 먹고 외할아버지 질노르망을 찾아갔다. 손자에 대한 그리움으로 몹시 쇠약해져 가던 질노르망은 그가 돌아오자 무척 기뻐했다.

"오! 잘 돌아왔다. 난 알고 있었단다. 내 말이 옳았다는 것을 이제 깨달은 모양이로구나."

"실은 부탁드릴 말씀이 있어서 왔습니다."

"그래, 무엇이냐?"

"결혼을 하고 싶습니다. 허락해 주십시오. 그리고 그녀를 따라 영국으로 건너가고 싶은데 그만한 비용이 없습니다."

질노르망의 얼굴빛이 갑자기 변했다.

"뭐, 결혼을 한다고? 몇 년 만에 집에 와서 한다는 소리가 겨우 그거냐? 게다가 영국에 갈 수 있도록 돈을 달라고?"

"할아버지, 제발 제 부탁을 들어주세요."

"돈을 달라는 걸 보니 결혼하겠다는 여자가 빈털터리인 모양이구나. 안 된다! 그런 형편 없는 여자와의 결혼은 절대 허락할 수 없다!"

질노르망은 냉랭했다.

마리우스는 자신이 사랑하는 사람을 함부로 말하는 외할아버지가 원망스러웠다.

"전에는 저의 아버지를 모욕하시더니 이제는 제 아내가 될 사람한테 그러시는군요. 저는 이제 다시는 할아버지 앞에 나타나지 않겠습니다. 안녕히 계십시오."

당황한 질노르망은 마리우스를 붙잡으려 했지만, 이미 대문 밖으로 사라져 버린 뒤였다.

마리우스는 괴로운 심정을 달래기 위해 파리 거리를 헤맸다. 그러다 밤 열 시가 넘어 코제트의 집으로 발길을 돌렸다.

'아무튼 코제트를 한 번 더 만나 봐야지. 뭔가 다른 방법이 생길지도 모르니까.'

마리우스가 코제트의 집에 도착해 보니 창문은 모두 닫혀 있고 집 안은 쥐 죽은 듯 고요했다.

마리우스는 크게 소리를 지르며 코제트를 찾았지만 누구 하나 내다 보는 사람이 없었다. 벌써 영국으로 떠나 버린 것이 틀림없었다.

그때 누군가의 소리가 들렸다.

"마리우스 씨!"

여자의 목소리였다. 그는 벌떡 일어나 혹시나 하는 마음으로 달려갔다.

"여기 있을 줄 알았어요."

에포닌이 서 있었다.

실망한 마리우스는 뚜벅뚜벅 걷기 시작했다. 그를 뒤쫓으며 에포닌이 말했다.

"지금 거리는 온통 공화당파 물결이에요. 당신 친구도 그곳에 있어요!"

깜짝 놀란 마리우스가 걸음을 멈추고 에포닌에게 물었다.

"아니, 지금 모두들 거리로 뛰쳐나왔다는 말입니까?"

"네, 곧 정부군과 큰 싸움이 일어날 모양이에요."

마리우스는 코제트가 살았던 빈 집을 한번 쳐다보더니, 뭔가 결심한 듯 주먹을 불끈 쥐고 거리로 내달았다.

그는 뛰면서 다짐했다.

'그래, 지금은 절망하고 있을 때가 아니야! 혁명의 대열에 뛰어들어 부패한 정부와 싸우다 장렬하게 죽는 것이 청년들이 할 일이야. 떠나 버린 코제트는 나중에 생각하겠어!'

당시 파리에는 왕당파에 반대하는 공화당파 사람들의 운동 열기가 거세게 퍼져 가고 있었다.

그래서 경찰은 공화당파 사람들은 물론 조금이라도 관계가 있다고 의심이 가는 사람은 무조건 잡아들였다.

이름을 포슐르방으로 바꿔 살고 있던 장발장이 파리를 떠나 영국으로 건너가려고 했던 이유도 바로 그 때문이었다.

장발장은 코제트와 마리우스가 만나고 있다는 사실을 전혀 모르고 있었다.

마리우스는 코제트를 잊으려는 듯 두 눈을 부릅뜬 채 거리로 뛰어나갔다.

편지를 가로채다

마리우스는 샹젤리제 거리를 빠져나가 궁전과 가까운 상트렌 거리로 갔다. 거리의 상점들은 거의 다 문을 닫았다.

광장에는 총칼을 든 정부군 병사들이 시위 군중에 맞서고 있었다. 공화당파인 혁명군은 그 맞은편에 바리케이드(적의 공격을 막기 위해 길목에 임시로 만들어 놓은 장애물)를 치고 있었다.

마리우스는 떼를 지어 서 있는 정부군의 눈을 피해 혁명군에 합류했다. 청년들은 정의를 위해서라면 죽음도 두렵지 않다는 듯 굳은 결의에 가득 차 있었다. 그들은 정부군에게 대항하기 위해 짐수레, 책상, 의자 등을 높이 쌓고 돌멩이와 깨진 벽돌, 쇠막대기 따위로 무장했다.

정부군은 혁명군에 가세하려고 움직이는 시민들을 향해 총을 쏘기 시작했다. 시민들은 들불처럼 거세게 일어나 이에 맞섰고, 마침내 처참한 시가전이 벌어졌다.

　　"쓸데없는 저항은 그만두고 항복해라!"

　　"네놈들이야말로 그냥 두지 않을 테다!"

　　공화당파의 청년들은 일제히 사격을 시작했다. 정부군도 공격에 들어갔다.

　　맹렬한 총격전이 벌어졌다. 청년들은 열심히 싸웠지만 수가 훨씬 많은 정부군은 바리케이드로 조금씩 다가왔다. 숨막히는 듯한 화염이 소용돌이치는 가운데 부상자들의 신음 소리가 고통스럽게 메아리쳤다. 그들은 자꾸 뒤로 밀리기 시작했다. 이제 곧 바리케이드는 정부군의 손 안에 들어가게 되었다. 바리케이드가 무너지면 혁명군은 끝장이었다.

　　"이제 모두 항복해라! 더 이상 저항하면 너희들을 기다리는 건 죽음뿐이다!"

　　정부군의 경고가 들려오자, 혁명군은 더욱 큰 목소리로 외치며 저항했다.

　　그때였다.

　　"비켜라! 물러나지 않으면 바리케이드를 폭파하겠다!"

　정부군과 시민들은 모두 소리 나는 쪽으로 고개를 돌렸다. 마
리우스였다. 그는 화약통을 껴안고 바리케이드 꼭대기에 서 있
었다. '우우' 몰려들어가던 정부군은 멈칫했다.

　"바보 같은 소리 마라! 그러면 네놈도 같이 날아간다!"

　"알고 있다!"

　마리우스는 불을 붙여 한 손에 들었다. 이를 본 정부군은 바리
케이드에서 물러나며 앞다투어 도망쳤다.

　혁명군과 시민들은 환호성을 질렀다. 그 순간 어디선가 비명

소리와 함께 누군가를 부르는 소리가 희미하게 들렸다.

"마리우스……."

고개를 돌려 소리 나는 쪽을 보니, 그곳에 한 여자가 피를 흘리며 쓰러져 있었다.

"저예요, 마리우스……."

"아니, 이럴 수가!"

마리우스는 놀라서 황급히 달려갔다.

"에포닌! 도대체 이게 무슨 일이오?"

에포닌은 아까 마리우스가 바리케이드를 지키려고 올라갔을 때, 그에게 총을 쏘는 정부군 앞으로 뛰어들어 총을 대신 맞은 것이었다.

"오, 안 돼! 여기서 죽으면 안 돼! 날 위해 대신 총을 맞다니, 아, 이럴 수가!"

총알은 에포닌의 등을 꿰뚫었다.

"우선 안으로 들어가 치료를 받아야 돼!"

"아니에요, 전 틀렸어요."

마리우스는 에포닌을 무릎에 가만히 뉘었다.

"제 주머니를…… 뒤져 보세요. 전해 주지 못했어요……. 미안해요……."

에포닌은 마리우스의 손을 잡은 채 숨을 거두고 말았다.

마리우스는 자신을 좋아한 여인의 죽음 앞에서 한동안 아무 말도 못 하고 뜨거운 눈물만 흘렸다. 알 수 없는 죄책감이 그의 가슴을 아프게 했다.

부상자들이 있는 곳에 에포닌을 내려놓은 마리우스는 그때야 비로소 에포닌이 말한 주머니 속 편지를 발견했다.

내 사랑 마리우스

이렇게 갑자기 떠나게 될 줄은 몰랐어요.

내일 밤 당신이 온다는 것을 알면서도 떠나야 하는 내 마음을

이해해 주세요. 일단 교외의 집으로 옮겼다가 일주일 뒤에는

런던에 가 있을 거예요.

- 코제트 -

에포닌이 전해 준 편지는 코제트로부터 온 것이었다. 편지를 다 읽은 마리우스는 가슴이 찢어지도록 아팠지만, 곧 결심을 굳혔다. 급히 수첩을 뜯어 그는 그녀에게 편지를 썼다.

사랑하는 코제트

나는 내 조국 프랑스를 사랑하오. 난 이 나라를 위해 기꺼이

목숨을 바치기로 결심했습니다. 비록 결혼은 하지 못했지만,

내 영혼은 언제나 당신 곁을 떠나지 않을 것입니다.

- 마리우스 -

겉장에 주소까지 다 쓴 마리우스는 혁명군의 심부름을 맡고 있는 아이에게 쪽지를 전해 달라고 부탁했다.

그 아이는 쪽지에 적힌 주소지로 부리나케 달려갔다. 아이는 주소를 찾다가 길목에서 한 노인을 만났다. 주위는 칠흑같이 어두웠다.

"할아버지, 혹시 7번지가 어딘지 아세요?"

"7번지라면 여긴데, 누굴 찾지?"

"포슐르방 댁에 있는 코제트라는 아가씨를 찾습니다."

"내가 포슐르방인데……."

"그러세요? 그럼 이 쪽지를 좀 전해 주시겠어요?"

아이는 노인에게 쪽지를 건네주고는 주위를 살피며 어둠 속으로 사라졌다.

노인은 바로 장발장이었다. 그는 멀리 보이는 혁명군을 바라보다 심상찮다는 듯 고개를 저으며 집으로 들어갔다.

장발장은 촛불 아래서 편지를 다 읽은 뒤에 야릇한 미소를 지었다.

'음, 그래서 그동안 코제트가 우울했군. 벌써 다른 사람에게 마음을 빼앗기는 나이가 되다니…….'

코제트는 지금껏 사랑을 가슴에 묻어 두고 슬픔을 참으면서 장발장이 하자는 대로 해 왔던 것이다. 그 청년이 죽으면 코제트가 얼마나 슬퍼할까 생각하니 마음이 무거웠다.

그는 코제트 손에 이 편지가 들어가게 해서는 안 되겠다는 생각이 들었다.

'이 젊은이를 구해야만 돼!'

장발장은 허리춤에 총을 차고 혁명군이 싸우고 있는 거리로 나갔다.

날이 밝아 오기 시작하자 거리에는 다시 싸움의 열기가 번지고 있었다. 정부군은 어제보다 더 많은 숫자로 불어나 있었다.

정부군에 비해 무기가 변변치 못한 혁명군의 희생은 갈수록 늘어만 갔다. 그래도 아직 남아 있는 혁명군은 죽음을 무릅쓰고 싸우고 있었다.

"아니! 저 사람은 뭐지?"

한 노인을 보고 앙졸라가 소리치며 총을 쏘려고 했다. 앙졸라는 혁명군을 지휘하는 청년이었다.

마리우스가 다급하게 외쳤다.

"안 돼! 쏘지 마! 저 노인은 내가 아는 분이야."

그 노인은 장발장이었다.

그는 마리우스를 묵묵히 바라보았다.

'저 노인이 왜 여기에 와 있는 거지?'

마리우스는 잠시 어리둥절했다. 하지만 곧 정부군의 총탄이 쏟아져 더 이상 생각할 겨를이 없었다.

혁명 본부로 사용 중인 선술집은 부상자의 신음 소리와 죽은 혁명군의 피비린내로 진동했다. 너무나 처참한 광경이었다.

그때, 한 젊은이가 벽에 기대어 앉아 있는 남자를 가리키며 앙졸라에게 속삭였다.

"저자가 아무래도 수상해. 정부 스파이 냄새가 나."

그는 나이가 제법 들어 보이고 덩치가 아주 큰 남자였다.

"넌 뭐 하는 놈이냐?"

남자는 피식 웃더니 당당하게 말했다.

"보다시피 너희들 동태를 살피는 사람이다."

"그럼, 정부군 스파이란 말이군."

"아니! 난 경찰이다."

"그래? 이름은 뭐지?"

"자벨이다."

앙졸라는 더 이상 묻지 않고 손짓을 했다. 그러자 젊은이 몇이 달려들어 순식간에 자벨을 기둥에 꽁꽁 묶었다.

"왜 지금 당장 죽이지 않고? 죽이려거든 지금 죽여!"

조금도 두려워하지 않는 자벨의 모습에 사람들은 고개를 흔들었다.

"지금은 총알이 아깝다."

자벨은 고래고래 고함을 질렀다.

"어서, 날 죽이란 말이야!"

시끄러운 고함 소리에 장발장은 선술집 안을 들여다보았다.

'아니!'

장발장은 깜짝 놀라 뒤돌아섰다.

정부군의 집요한 공격은 점점 더 거세졌다. 바리케이드는 이제 더 이상 정부군의 총탄을 막아 낼 수 없었다. 여기저기 구멍이 뚫려 희생자가 늘어만 갔다.

"쏟아지는 총알을 막아 내려면 이불이나 담요 같은 것이 필요한데."

앙졸라가 걱정했지만 모두들 말이 없었다. 당장 담요를 구할 수 없었기 때문이다. 하지만 그대로 있다가는 곧 바리케이드가 무너지고 모두 죽을 수밖에 없었다.

"저기 담요가 있다!"

누군가 외치자 사람들은 고개를 들어 7층 건물을 보았다.

건물 주인이 총알을 막으려고 창밖에 끈으로 걸어 놓은 두꺼운 담요가 보였다.

"저것만 있다면 총탄을 막을 수 있을 텐데. 하지만 어떻게 가

져온단 말인가?"

청년들은 난감했다. 정부군의 총탄이 빗발치는 상황에서 7층 건물까지 간다는 건 목숨을 거는 일이었다.

그때였다.

'탕!'

장발장이 쏜 총소리였다. 총알은 담요가 매달린 줄에 정확히 맞았다. 줄이 끊어지자 담요가 바람에 나부끼는 잎새처럼 떨어졌다.

바리케이드 근처에 모인 사람들은 환호성을 질렀다.

"와! 담요가 떨어졌다."

바리케이드가 있는 곳에서 담요가 떨어진 곳까지는 30미터나 되었다. 정부군의 총탄을 피해 담요를 가져온다는 것은 결코 쉬운 일이 아니었다.

그러나 이미 장발장이 쏜살같이 달려가고 있었다. 장발장을 발견한 정부군은 총탄을 퍼부어 댔다.

그러나 한달음에 달려간 장발장은, 담요를 주워 등에 걸치고 무사히 바리케이드가 있는 곳으로 돌아 왔다.

장발장의 활약으로 정부군의 총알은 담요가 덮인 바리케이드를 뚫지 못했고, 혁명군에서는 더 이상의 희생자가 나오지 않게 되었다.

"고맙습니다! 이게 다 어르신 덕분입니다. 혁명군을 대표하여
감사드립니다."

장발장은 앙졸라의 말을 묵묵히 듣고 있다가 입을 열었다.

"감사할 것까지는 없습니다. 부탁이 있는데, 선술집의 포로를
내가 죽이게 해 주시오."

"좋습니다. 그렇게 하십시오."

장발장은 선술집으로 들어갔다. 장발장을 본 자벨이 순간 움
찔했다. 하지만 그는 곧 태연한 척 말했다.

"잘 만났군. 어서 보복해라."

장발장은 자벨을 묶고 있던 밧줄을 풀어 주었다.

그리고 선술집을 나와 아무도 없는 빈터로 그를 데리고 갔다.

그의 손에는 권총이 쥐어져 있었다.

자벨이 장발장을 쏘아보며 외쳤다.

"자, 어서 날 죽여라."

장발장은 아무 말 없이 총 대신 칼을 꺼냈다.

"그 칼로 할 텐가? 그것도 나쁘지는 않군."

자벨이 비아냥거렸지만 장발장은 입을 꾹 다문 채 그의 허리
와 손에 묶인 밧줄을 끊었다.

“자, 이제 당신은 자유의 몸이오. 어디를 가든지 마음대로 하시오.”

자벨은 뒤통수를 맞은 듯 아무 말도 할 수 없었다.

“빨리 가는 게 좋을 거요. 나는 살아서 여길 빠져나가기는 틀렸지만, 만일 살아남는다면 언제든 나를 체포하시오.”

자벨은 머리를 쥐어뜯으며 말했다.

“이건 곤란해. 네 도움으로 살아나다니, 그럴 순 없어! 차라리 날 죽여!”

“어서 가시오. 사람들이 오고 있소!”

자벨은 모든 것을 포기한 사람처럼 서서히 모퉁이를 돌아 자취를 감추었다.

장발장은 포로를 죽인 것처럼 위장하기 위해 하늘을 향해 총을 한 발 쏘았다.

죽음의 터널을 지나다

혁명군 가운데는 오직 마리우스만이 끝까지 바리케이드에 매달려 저항하고 있었다. 그때 유난히 큰 총소리가 울렸다.

'탕! 탕!'

마침내 마리우스의 어깨를 총탄이 뚫고 지나갔다. 마리우스는 피를 뿜으며 정신을 잃고 바닥으로 굴러떨어졌다. 순간, 기다렸다는 듯 억센 두 팔이 마리우스를 가볍게 받아 냈다. 장발장이었다. 사방은 총소리와 화약 연기로 자욱하고, 정부군은 숨쉴 틈 없이 쏟아져 들어왔다.

난감해진 장발장은 마리우스를 들쳐업고 진지를 가로질러 건물 뒤편으로 돌아갔다. 다행히 그곳에는 아무도 없었다.

장발장은 맨홀 뚜껑을 열고 안으로 들어갔다. 그는 죽은 듯이 축 늘어져 있는 마리우스를 업고 구멍 안으로 뛰어내렸다. 그곳은 파리 시내의 하수도였다.

한 치 앞도 보이지 않는데다가 코를 찌르는 고약한 냄새가 풍

겨 왔다. 게다가 바닥에는 더러운 물이 세차게 흐르고 있었다. 장발장은 축축한 벽을 손으로 더듬으며 한 걸음 한 걸음 조심스레 나아갔다.

그의 등에 업힌 마리우스는 깨어날 줄 몰랐다.

그렇게 몇 시간을 걸었다. 질척거리는 바닥은 점점 더 물이 많아져 앞으로 나아가기가 곤란해졌다. 조금 걷다 보니 진흙 같은 것이 밟혔다. 장발장은 조심조심 앞으로 나갔다.

그때였다. 갑자기 발이 진창 속으로 주르륵 미끄러졌다.

"앗!"

당황한 장발장은 발을 빼려고 했으나 발버둥치면 칠수록 더 깊은 진창으로 빠져들 뿐이었다. 물은 금세 가슴께까지 차 올랐다.

'이젠 끝장이다.'

팔다리가 차츰 마비되었다. 죽을 힘을 다해 앞으로 나아갔지만, 마리우스는 숨이 끊어지고 자신도 기력이 다해 죽을 거란 생각이 들었다. 그러다가 문득 고개를 들어 보니 어슴푸레한 불빛이 보였다. 빛줄기였다. 마침내 출구가 나타난 것이다. 장발장은 피로도 갈증도 잊고 마리우스를 고쳐 업고 빛을 향해 조심조심 나아갔다.

한참 뒤, 그는 겨우 진창을 빠져나올 수 있었다. 장발장은 마리우스가 걱정이었다. 죽은 건 아닌가 싶어 그의 가슴에 귀를 대어 보았다. 다행히도 아직 심장은 뛰고 있었다.

하지만 심장 소리가 너무 약해 서두르지 않으면 안 되었다.

그때 마리우스의 호주머니에 들어 있는 쪽지가 보였다. 장발장은 그것을 꺼내 읽었다.

내 이름은 마리우스 퐁메르시입니다.

만약 나의 시체를 발견한다면 마레의 피유 갈베를

거리 6번지에 사는 나의 외할아버지 질노르망 씨 댁으로

옮겨 주기 바랍니다.

장발장은 그의 주소를 외워 두었다.

그는 한 걸음 한 걸음 빛을 향해 걸어 마침내 출구에 다다랐다. 하지만 출구에 다다른 장발장은 다시 절망에 빠졌다. 그 문에는 튼튼한 쇠창살이 박혀 있었고 자물쇠까지 단단하게 채워

져 있었던 것이다.

쇠창살 밖에는 센 강이 보이고 그 건너편으로 해가 저물어 가는 파리가 아름답게 펼쳐져 있었다.

장발장은 마리우스를 옆에다 누이고 쇠창살을 흔들어 보았다. 그러나 쇠창살은 꿈쩍도 하지 않았다. 절망적이었다.

그때 무거운 어깨를 누군가 두드렸다.

"이봐, 절반씩 나누는 게 어때?"

화들짝 놀란 장발장이 뒤돌아본 순간, 거지 차림을 한 남자가 서 있었다.

'앗!'

장발장은 자기도 모르게 소리를 지를 뻔했다.

그 남자는 다름 아닌 테나르디에였다. 그는 온통 진흙 투성이가 되어 마리우스를 업고 있는 장발장을 알아보지 못했다.

"여기서 나가고 싶지? 그렇다면 반만 내놔! 나갈 수 있게 도와줄 테니 말야!"

"대체 그게 무슨 말이오?"

장발장이 말뜻을 이해하지 못하자 테나르디에는 열쇠를 흔들어 보이며 말했다.

"네가 그 녀석을 죽인 거 맞지? 왜 죽였는지 묻지 않겠어. 대

신 이놈 주머니에서 꺼낸 돈의 반만 주면 이 문을 열어 준다 이
말이지."

테나르디에는 장발장을 강도로 오해하고 있었다.

장발장은 주머니를 뒤져 30프랑을 꺼냈다.

"이것이 전부요."

"겨우 30프랑 갖고 사람을 죽여? 쯧쯧."

테나르디에는 돈을 자기 주머니에 쑤셔 넣고, 마리우스의 옷
자락을 찢어 재빨리 챙겨 넣었다. 나중에 그 헝겊 조각을 살인
범을 찾는 데 증거로 삼아 더 많은 돈을 우려낼 속셈이었다.

"어쨌든 열어 주지."

벌겋게 녹슨 쇠창살 문이 열렸다.

"어이 친구, 잘 가게."

테나르디에는 다시 문을 잠그고는 어둠 속으로 유유히 사라져
버렸다.

밖으로 나온 장발장은 마리우스를 센 강변에 내려놓았다. 그
는 손으로 강물을 떠서 마리우스의 얼굴에 끼얹었다. 의식은 돌
아오지 않았지만 가는 숨소리가 들렸다.

문득 인기척을 느낀 장발장이 뒤를 돌아보았다. 놀랍게도 자
벨이 거기 서 있었다. 그는 장발장의 도움으로 목숨을 구하고

는 경찰서로 돌아가서, 곧바로 도둑질을 한 테나르디에를 쫓아
왔던 것이다. 테나르디에가 하수도 안에 숨어 있었던 것도 바로
그것 때문이었다.

"당신은 누군데 거기 있소?"

"자벨, 나요. 장발장이오."

자벨은 깜짝 놀라 그의 얼굴을 들여다보았다.

"여기서 뭘 하는 거요? 그리고 이자는 누구요?"

자벨은 예전과는 다른 말투로 물었다.

"이 사람을 자기 집으로 데려다 준 뒤에 나를 잡아가면 안 되겠소?"

장발장이 조용히 말했다.

자벨은 아무 말도 하지 않고 마리우스를 내려다보았다.

"바리케이드 위에서 설치던 친구로군. 그럼 당신이 이자를 여기까지 데리고 왔단 말이오?"

장발장이 말없이 고개를 끄덕였다.

자벨은 눈을 감고 잠시 생각에 잠겼다. 몹시 괴로운 표정이었다. 그때 마침 강둑으로 마차 한 대가 지나가고 있었다.

"이봐요!"

자벨은 마차를 세웠다. 그러고는 장발장을 도와 마리우스를 마차에 태웠다.

"이 사람들을 데려다 주시오."

어리둥절해진 장발장은 그를 바라보았다. 자벨은 돌아서서 뚜벅뚜벅 걸어 가버렸다.

자벨은 뒷짐을 지고 센 강변을 천천히 걸었다. 그의 발걸음은 몹시 무거웠다. 노트르담 다리까지 온 그는 다리 난간을 잡고 가만히 서서 흐르는 강물을 바라보았다. 그는 몹시 괴로웠다. 이 야심만만한 형사는 지금까지 원칙에 충실하고 자로 잰 듯 정확하게 사는 것만이 선한 삶이라고 생각하며 살아왔다. 법을 지키지 않은 사람들은 아무리 약자라도, 아무리 피치 못할 사정이 있더라도 모두 악한 사람으로 단정지어 버리던 사람이었다.

그런데 이 세상에서 가장 나쁜 도둑이라고 생각했던 장발장이, 사람을 용서한다는 것과 진정으로 사랑하는 법을 그에게 가르쳐 주었다. 뿐만 아니라 자신의 목숨까지 구해 주었다.

자벨은 몹시 혼란스러웠다. 지금껏 지켜 왔던 마음속의 고집스럽고 단단한 성벽이 모래성처럼 무너져 내리는 것을 느꼈다. 그는 다리 위에 서서 한동안 넋을 잃고 물살을 내려다보았다. 해가 질 때까지 흐르는 강물을 바라보고 있었다. 주위는 어느새 어두웠다. 자벨은 모자를 벗어 강물에 휙 던졌다. 그러더니 잠시 후 난간 위로 올라가 강으로 뛰어들었다. 그의 몸은 그대로 강물 속으로 사라졌다.

코제트의 결혼

장발장과 마리우스를 실은 마차는 곧 질노르망의 집에 도착했다. 그곳으로 옮겨진 마리우스는 한때는 생사의 갈림길에서 헤맸으나, 집안 사람들의 극진한 간호 덕택에 무사히 깨어날 수가 있었다.

외할아버지는 옛날에 자신이 불같이 화냈던 것도 잊어버리고, 마리우스가 살아 돌아오자 껑충껑충 뛰면서 좋아했다.

"아이고, 우리 손자 살았구나! 정말 고맙다, 고마워!"

마리우스가 병석에 누워 있는 동안 훌륭한 옷차림을 한 장발장이 날마다 찾아와서는 환자의 상태를 묻곤 했다.

3개월 정도 지났을 때, 의사는 더 이상 염려할 것 없다는 진단을 내렸다. 그때까지 마리우스는 높은 열에 시달리면서 바리케이드에서의 일을 희미하게 떠올리고 있었다. 피투성이가 되어 죽어 간 동료들, 에포닌의 불쌍한 죽음 등이 의식 속에서 차례로 스쳐 지나갔다.

어느 날이었다.

"할아버지, 실은 드릴 말씀이 있어요."

"뭐든지 말만 하려무나!"

"저어……, 결혼 말인데요."

"그래! 알고 있다. 그 아가씨를 데려오너라."

너무 쉽게 허락이 떨어지자 마리우스는 어안이 벙벙했다.

"그 아가씨의 됨됨이를 모르고 내가 공연히 반대했더구나. 그 아가씨가 날마다 포슐르방 노인을 보내서 네 병세를 알아보았단다. 네가 다쳤다는 얘길 듣고 매일같이 눈물을 흘리며 거즈를 만들고 있다는구나. 코제트라지? 그 아가씨와 결혼을 하겠다는 거지! 좋다, 그렇게 해라!"

마리우스는 너무나 기뻤다. 영국으로 갔을 거라고 생각했던 코제트가 뜻밖에도 이곳에 있다는 사실을 알게 된 그는 마음이 설레어 밤새 한숨도 잘 수가 없었다. 게다가 결혼 승낙까지 받았으니 하늘을 날 것 같았다.

이튿날 코제트가 왔다. 코제트는 환하게
웃으며 마리우스를 바라보았다. 마리우스
는 가슴이 벅차고 온몸이 떨려서 한동안
아무 말도 할 수가 없었다. 코제트 뒤에는
한 노인이 미소를 띤 채 서 있었다. 장발장
이었다.

질노르망도 환하게 웃으며 그들을 맞아
주었다. 그는 포슐르방이라 불리는 장발장

에게 인사를 건넨 뒤 말했다.

"포슐르방 씨, 저 두 사람의 결혼을 허락해 주서서 진심으로 감사합니다."

"무슨 말씀이십니까? 오히려 제가 감사합니다. 훌륭하신 어른 밑에서 자란 마리우스 군에게 제 딸을 시집 보내게 되어 영광입니다."

질노르망과 장발장은 손을 맞잡고 감사의 인사를 나누었다.

"실은 제가 딸에게 줄 유산을 가지고 왔습니다."

장발장은 꾸러미를 풀어 탁자 위에 놓았다.

"따님을 저렇게 곱게 길러 주신 것만도 고마운데 돈까지 보태 주시다니, 이거 몸둘 바를 모르겠습니다."

장발장은 자신이 쓸 단 몇천 프랑을 제하고는 모두 마리우스에게 주었다. 그는 이제 자벨의 손에서 완전히 벗어났으므로 살아가는 데 불편이 없었던 것이다.

드디어 1833년 2월 16일, 질노르망 집에서 코제트와 마리우스는 결혼식을 올렸다. 모두 즐겁고 유쾌한 그 시간에 포슐르방, 다시 말하여 장발장만 우울한 표정을 감추지 못했다. 장발장은 조용히 결혼식장을 빠져나왔다.

장발장이 보이지 않자 마리우스가 하녀에게 물었다.

"장인어른이 보이지 않는구나. 어디 계신지 혹시 아느냐?"

"편찮으시다고 가셨어요. 미안하단 말씀을 전해 달라셨어요."

마리우스는 고개를 끄덕이면서도 뭔가 이상하다는 생각이 들었다.

장발장은 질노르망 집에서 나와 여기저기 발길 닿는 대로 걸어다니다가 밤이 깊어서야 집으로 돌아왔다. 코제트가 떠나 버린 방은 몹시 춥고 텅 비어 보였다.

장발장은 옷장에서 작은 트렁크 하나를 꺼냈다. 그 안에는 코제트가 몽페르메유의 여인숙을 떠나 올 때 입었던 옷들이 들어 있었다. 장발장은 그것들을 하나하나 침대 위에 올려놓았다. 그리고 물끄러미 들여다보았다. 지난 추억을 떠올리며 장발장은 침대에 얼굴을 파묻고 머리를 흔들었다. 그는 말할 수 없이 쓸쓸했다.

비밀을 털어놓다

다음 날, 날이 밝고 오후가 되도록 장발장은 그대로 있었다. 그러다 무슨 생각을 했는지 벌떡 일어나 밖으로 나갔다. 한참 뒤 그가 도착한 곳은 질노르망의 집이었다.

"아버님, 몸은 좀 어떠세요?"

마리우스는 장발장을 응접실로 안내하며 말했다.

"할 얘기가 있어서 왔네만…….'

"어려워 마시고 무슨 일이든 말씀하십시오."

"내가 하는 말 잘 들었으면 좋겠네. 이제 더 이상 숨기지 않으려고. 나는…… 실은 전과자라네."

"아이고, 어르신. 무슨 농담을 그렇게 하십니까?"

"농담이 아닐세. 나는 남의 물건을 훔친 죄로 19년이나 옥살이를 하다 풀려났다네."

"서, 설마……."

마리우스는 너무 놀라서 말을 할 수가 없었다.

"어쨌든……, 코제트의 소중한 아버님이 아니십니까?"

"난 코제트의 친아버지가 아닐세. 그 아이가 고아였기 때문에 나 같은 사람이라도 곁에서 힘이 되어 주고 싶었던 것뿐일세. 하지만 이제는 내가 더 이상 도울 일이 없지. 음……. 60만 프랑은 부정한 돈이 아니니까 그건 걱정 말게."

"그런데 그런 말씀을 제게 하시는 이유가 무엇입니까? 그냥 가만히 계시면 아무도 몰랐을 거 아닙니까?"

"그건 더 이상 내 양심을 속이고 싶지 않기 때문이야."

마리우스는 어찌할 바를 모르고 그저 장발장을 마주 보고만 있었다.

"지금까지 한 말을 코제트에게는 알리지 말아 주게. 그것이 그 아이가 행복하게 살도록 하는 길일세."

"알겠습니다. 저 혼자만 알도록 하겠습니다."

"일이 이렇게 된 이상 자네는 내가 코제트와 만나는 것을 바라지 않겠지……."

"아닙니다. 언제든지 코제트가 보고 싶으면 오십시오."

마리우스는 한동안 뭐가 뭔지 정신을 차릴 수가 없었다.

장발장에게 이야기를 듣는 동안은 그를 이해할 수 있었지만, 시간이 흐를수록 그에 대한 생각이 바뀌었다. 그는 어두운 느낌을 주는 듯한 전과자 장발장을 피하려 했고, 사랑하는 코제트와 장발장이 함께 있는 것을 보면 기분이 상했다.

그것을 모를 리 없는 장발장은 코제트를 더 이상 찾아가지 않았다.

끝없는 사랑

어느 날이었다. 누군가가 마리우스를 찾아왔다.

그를 본 마리우스는 깜짝 놀랐다. 테나르디에였다.

"무슨 일입니까?"

"중대한 비밀을 알고 있습니다. 그 비밀을 적당한 값에 팔려고 왔습니다."

그는 야비하고 음흉한 얼굴을 교활한 미소로 감추고 예의를 갖춰 말했다.

"대체 그 비밀이란 게 뭐요?"

"말씀드릴 테니 놀라지 마십시오. 이 댁에 끔찍한 살인자가 드나들고 있습니다. 그는 감옥을 탈출한 죄수 장발장이란 자요."

"그 얘기라면 나도 알고 있소. 그리고 당신이 누구인지도 잘 알고 있으니 당장 돌아가시오."

마리우스는 테나르디에 얼굴에 5백 프랑짜리 지폐를 집어 던졌다. 그는 부끄러운 줄도 모르고 바닥에 떨어진 돈을 얼른 주머니에 넣더니 마리우스를 올려다보았다.

"당신이 알고 있는 그 사실은 이미 나에겐 비밀이 아니오. 장발장은 살인자, 강도요. 자벨 형사를 죽인 것도 알고 있소. 마들렌이라는 구슬 공장 주인의 재산을 가로챘소. 이래도 비밀을 팔아 돈을 우려내려고 하시오?"

"제가 알고 있는 사실과는 좀 다르군요. 장발장은 자벨을 죽이지 않았고, 마들렌이라는 사람의 재산을 훔치지도 않았습니다."

"뭐요? 그걸 당신이 어떻게 압니까? 증거를 대 보시오."

"자기가 자기 것을 훔치는 자도 있답니까? 마들렌과 장발장은 같은 사람이오."

"그런 말도 안 되는 소리!"

"그리고 자벨 형사도 죽이지 않았습니다. 그는 스스로 강에 몸을 던졌지요."

말을 마친 테나르디에는 누렇게 빛 바랜 낡은 신문을 꺼냈다. 그가 보인 신문 중 하나에는 마들렌이 법정에서 스스로 장발장이라고 밝힌 기사가 실려 있었다. 또 다른 하나는 자벨 자살 사건을 보도한 기사였다. 거기에는 자벨이 자살하기 전 상사에게 보고한 기록도 있었는데, 자벨이 혁명군에 붙잡혀 죽을 위기에 처했을 때 장발장이라는 남자가 그를 구해 주었다는 것이었다.

신문 기사를 단숨에 읽은 마리우스는 너무 놀라 어쩔 줄을 몰랐다.

"이렇게 의로운 분인데 내가 오해를 하다니……."

"그렇지만 그놈이 도둑에다가 살인자라는 사실에는 변함이 없습니다."

"그건 또 무슨 말이오?"

테나르디에는 야비한 웃음을 띠며 말했습니다.

"이건 저만이 알고 있는 비밀입니다. 작년에 폭동이 한창이었을 때, 저는 그럴 만한 사정이 있어 센강으로 내려가는 하수도 출구에 숨어 있었지요. 그때 장발장이란 자가 어떤 청년의 시체를 메고 하수도 안에서 나오더군요."

마리우스는 깜짝 놀랐다. 테나르디에는 제 흥에 겨워 이야기를 계속했다.

"죽은 시체를 센강에 버리려 한 것이겠지요. 나는 그자가 너무 무서워 열쇠로 쇠창살 문을 열어 줄 수밖에 없었습니다. 그의

등에는 피투성이의 젊은이가 죽은 채 업혀 있었습니다. 그래서 저는 나중에 증거로 삼으려고 죽은 사람의 옷자락 끝을 조금 찢어 두었습니다. 바로 이게 그때 찢어 둔 옷자락입니다."

테나르디에는 피가 엉겨붙은 옷 조각을 꺼내 흔들어 보였다.

마리우스는 파랗게 질려 아무 말도 할 수 없었다. 그는 정신을 가다듬고는 옷장 속을 뒤져 윗도리 하나를 찾아냈다. 검붉은 핏자국으로 얼룩진 낡은 옷이었다.

"그 옷은 바로 이거요! 내가 입고 있었단 말이오!"

마리우스는 상대의 손에서 옷 조각을 낚아채고는 찢어진 부분에 갖다 대었다. 그 조각은 꼭 맞았다.

마리우스의 몸이 부들부들 떨렸다.

"그럼 날 구해 주었다는 사람이 바로 장발장이란 말인가! 그것도 모르고 난……."

마리우스는 테나르디에를 향한 분노가 치밀어 올랐다.

"이 거짓말쟁이, 몹쓸 인간아! 당장 꺼져! 나를 구한 은인한테 누명을 씌워 내게서 돈을 우려내려고?"

화가 치민 마리우스는 주머니에 있는 돈을 꺼내 테나르디에 앞에 내던졌다.

"워털루 전쟁에서 우리 아버지에게 은혜를 베풀어 준 대가니

까 가지고 꺼져!"

그는 테나르디에를 밖으로 내쫓았
다. 그리고 즉시 마차를 준비시키고 코
제트를 불렀다.

"당신에게 미안하오. 나는 그동안 당
신 아버지를 오해했소. 그분이 내 생명

의 은인이었던 것도 모르고 말이오.”

마리우스와 코제트를 태운 마차는 장발장의 집으로 쏜살같이
달려갔다.

장발장은 혼자 쓸쓸하게 침대에 누워 있었다. 그는 손가락 하
나도 움직일 수 없었다. 그토록 아끼고 사랑하던 코제트를 만날
수 없게 되자, 삶에 대한 의욕을 잃었던 것이다. 그는 하루 종일
방 안에 틀어박힌 채 밖으로 한 발짝도 나오지 않았다. 뿐만 아
니라 음식도 입에 대지 않았다.

코제트는 장발장이 발길을 끊자 걱정이 되어 하녀를 보냈다.
그러나 집을 지키는 노파에게 여행을 떠났다고 전하게 할 뿐 장
발장은 더 이상 코제트를 찾지 않았다.

며칠 동안 꼼짝도 하지 않고 누워만 있던 그는 드디어 병이 나
고 말았다. 그의 병은 하루가 다르게 깊어 갔다.

‘아, 모든 것이 끝났다. 하지만 마지막으로 그 아이를 한 번만
더 만나 목소리라도 들을 수 있다면…….’

그의 눈에서 눈물이 흘러내렸다.

그때, 문을 두드리는 소리가 들렸다.

“들어오시오.”

목소리에는 아무 힘도 남아 있지 않았다.

“아버지!”

그들을 본 장발장은 눈을 동그랗게 떴다.

코제트는 그의 가슴에 얼굴을 묻고 울기 시작했다.

“정말 잘 왔다! 영영 널 못 보는 줄 알았는데…….”

장발장은 기운이 없으면서도 환하게 웃었다.

“아버님, 용서하십시오. 제가 잘못했습니다.”

마리우스는 무릎을 꿇고 용서를 빌었다.

“아니야. 자네가 무슨 잘못이 있는가. 나를 이해해 주고 이렇게 찾아와 주어서 정말 기쁘네.”

“아버님은 훌륭한 분입니다. 저나 코제트에게 아버님이 얼마나 소중한 분인지 이제야 깨달았습니다. 용서하십시오. 밖에 마차가 기다리고 있습니다. 저희 집으로 함께 가세요.”

“그래요, 아버지. 이제 고집부리지 마시고 같이 살아요.”

코제트가 울먹이며 말했다.

“그렇지만 이젠 틀렸어…….”

장발장의 목소리가 점점 가늘어져 갔다.

“코제트, 이 은촛대를 네게 주고 싶구나. 내게 그것을 주신 분이 하늘에서 우릴 내려다보고 계실 거다. 그리고 벽장 안에 4백 프랑이 있으니 불쌍한 사람들을 위해 써 주길 바란다.”

그는 숨이 가쁜지 띄엄띄엄 말했다.

"아버지, 제발 우리를 두고 떠나지 마세요."

코제트가 울며 말했다.

마리우스도 눈물을 흘리면서 그를 바라보았다.

"마리우스, 고맙네. 부디 코제트를 행복하게 해 주게나."

마리우스가 고개를 끄덕이자, 장발장은 눈을 감았다.

장발장은 페르 라세즈 묘지에 묻혔다. 그가 묻힌 묘지 앞 비석
에는 다음과 같은 글이 새겨져 있었다.

힘겨운 삶을 살면서도 용기를 잃지 않은 사람,

그가 여기 잠들었네.

불행한 사람을 위해 자신을 희생시키며

속죄의 길을 걸어 온 사람,

이곳에 고이 잠들었네.

 세계명작 시리즈와 함께 논리·논술 **Level Up!**

● **이해 능력 Level Up!**

1. 장발장은 몇 년 동안 감옥에 갇혀 있었나요?

    1) 9년   2) 15년   3) 19년

    4) 20년   5) 25년

2. 장발장이 갇혀 있던 감옥 이름은 무엇이었나요?

    1) 살롱 감옥   2) 툴롱 감옥   3) 발롱 감옥

    4) 툴공 감옥   5) 툴툴 감옥

3. 다음은 한 화재 현장의 모습을 나타낸 글입니다. 이 글에서 밑줄
   은 누구를 가리키나요?

바로 그 순간, 한 사나이가 불 속으로 뛰어들어갔다. 사람들은 그의 용기에 박수를 보내면서도 과연 그가 살아 나올 수 있을까 가슴을 졸이며 지켜보고 있었다. 잠시 후, 그 사나이가 한 아이는 가슴에 끌어안고, 또 한 아이는 등에 업은 채 모습을 드러냈다.

    1) 테나르디에   2) 코제트   3) 미리엘

    4) 마리우스   5) 장발장

4. 경찰에 잡혀 온 장발장에게 미리엘 신부는 무엇까지 주었나요?

   1) 은촛대   2) 가방   3) 은수저

   4) 은반지   5) 은시계

5. 코제트의 어머니 팡틴이 장발장에게 다음과 같은 행동을 한 이유는 무엇인가요?

> 그때 여인이 벌떡 일어나더니 다짜고짜 마들렌에게 달려들었다.
> "옳아, 네가 바로 시장이라는 작자로구나! 잘 걸렸다!"
> 여인은 큰 소리로 웃더니 마들렌의 얼굴에 침을 탁 뱉었다.

   1) 자신을 구해 주는 게 싫어서

   2) 공장에서 억울하게 일자리를 빼앗겨서

   3) 자벨한테 괜한 명령을 하는 게 싫어서

   4) 앞니를 내놓으라고

   5) 기침을 하다가 자기도 모르게

6. 샹 마티유가 자기 대신 감옥에 가게 되었을 때 장발장은 재판장으로 달려가 자신이 장발장임을 밝힙니다. 왜 그랬을까요?

   1) 잠깐 머리가 돌아서

   2) 다시 감옥으로 돌아가는 게 좋아서

   3) 팡틴이 지긋지긋해 피하고 싶어서

   4) 샹 마티유를 각별히 아껴서

   5) 정직하게 살고 싶어서

7. 장발장이 죄수였다는 사실을 숨기기 위해 사용했던 가짜 이름은 무엇일까요?

    1) 마슐란   2) 질노르망   3) 자베르망
    4) 마들렌   5) 마들레노망

8. 장발장은 구슬 공장을 경영하면서 부자가 됩니다. 그 이유는 무엇이었나요?

    1) 불경기로 다른 공장들이 다 문을 닫는 바람에
    2) 일하는 사람들의 임금을 조금밖에 주지 않아서
    3) 재료비를 절감하면서 구슬 만드는 방법을 새롭게 고안해서
    4) 재료비를 절감하고 일하는 사람들의 임금도 깎아서
    5) 팔 때 비싼 값으로 팔아서

9. 장발장이 코제트를 찾으러 갔을 때 테나르디에 부인의 행동입니다. 이 글에 나타난 테나르디에 부인의 성격은 어떠한가요?

> "맞아요! 이거예요, 손님."
> 주인 여자는 은화를 받아 쥐며 대답했다. 그것은 코제트에게 준 돈보다도 훨씬 큰돈이었다. 주인 여자는 시치미를 떼고 돈을 받아 주머니에 집어넣으며 코제트를 흘겨보았다.

    1) 아주 탐욕스럽고 돈밖에 모른다.
    2) 손님에게 예의 바르게 행동한다.
    3) 인정이 넘친다.
    4) 마음이 여리다
    5) 착한 일을 하길 좋아한다.

10. 코제트는 어떤 아이였나요?

　　1) 엄마랑 함께 사는 행복한 아이

　　2) 엄마와 떨어져 살지만 부잣집에서 호강을 하는 아이

　　3) 엄마를 그리워하며 고생을 하는 아이

　　4) 엄마를 원망하고 남의 물건을 훔치는 아이

　　5) 엄마를 잃어버리고 정신이 나간 아이

11. 늙은 수녀가 죽었을 때 그 시신 대신 장발장이 관 속에 숨어 있었습니다. 왜 그랬을까요?

> 노인의 말에 귀를 기울이던 장발장이
> 나직이 말했다.
> "그럼 그 관에 내가 들어가면 어떻겠소?"
> 노인은 깜짝 놀라 장발장을 말렸다.

　　1) 성당 밑에 묻어 달라는 수녀의 유언을 지켜 주고 싶어서

　　2) 코제트를 두고 몰래 나와야 했기 때문에

　　3) 포슐르방 노인과 심하게 다투어서

　　4) 장발장이 몰래 술을 마시러 가야 했으므로

　　5) 장발장은 모험심이 있어서

12. '레 미제라블'은 무슨 뜻인가요?

　　1) 사랑하는 사람들　　　　2) 용서하는 사람들

　　3) 정직한 사람들　　　　　 4) 후회하는 사람들

　　5) 비참한 사람들

13. 다음 글의 (　) 안에 들어갈 이름은 무엇인가요?

（　　　）는 나이가 지긋한 노신사와 예쁘장한 소녀를 보게 되었다. 그들은 아버지와 딸인 듯 아주 다정해 보였다. （　　　）는 언제부터인가 그들을 눈여겨보게 되었다. 그 래서 일부러 그들이 앉은 벤치 앞을 무심히 지나는 척하 면서 그 소녀의 모습을 자세히 살펴보았다.

1) 마리우스　　　　2) 마라키스　　　　3) 포슐르방
4) 장발장　　　　5) 질노르망

14. 질노르망 노인은 마리우스의 아버지 퐁메르시를 왜 미워했을까요?

1) 마리우스를 버리고 도망갔기 때문에
2) 퐁메르시가 나폴레옹을 지지했으므로
3) 마리우스를 빼앗아 갔기 때문에
4) 퐁메르시는 나폴레옹을 반대하는 파였으므로
5) 종교적인 차이로

15. 마리우스와 코제트가 결혼을 한 후 장발장은 마리우스에게 자신 의 정체를 밝힙니다. 왜 그랬을까요?

1) 코제트를 빼앗긴 슬픔이 너무 커서
2) 양심을 속이고 싶지 않아서
3) 마리우스를 용서하고 싶어서
4) 코제트가 얄미워서
5) 코제트의 행복에 배가 아파서

● 논리 능력 Level Up!

1. 장발장은 왜 툴롱 감옥에 들어가게 되었나요?

2. 장발장이 경찰에 잡혀 왔을 때 미리엘 신부가 다음과 같이 말한 이유는 무엇인가요?

> "아, 난 또 누구신가 했군요. 마침 잘 왔소. 은촛대는 왜 두고 가셨소? 그것도 가져가라고 했는데."

3. 장발장이 마들렌이라는 가짜 이름으로 지낼 때 짐마차에 깔린 사람을 구해 줍니다. 그의 이름은 무엇일까요? 또 사고 당시 그는 장발장에게 어떤 감정을 갖고 있었나요?

4. 다음은 마들렌이 법정에서 자신의 신분을 밝히면서 한 말입니다. 밑줄 친 것이 가리키는 것은 무엇일까요?

> "신성한 법정에서 소란을 피워 죄송합니다. 한 가지 부탁이 있습니다. 제가 체포되기 전에 꼭 <u>해야 할 일</u>이 하나 있습니다. <u>그</u> 일을 할 수 있는 시간을 주십시오. <u>그 일</u>만 처리하면 언제라도 체포해도 좋습니다."

5. 장발장과 코제트는 맨 처음 어디에서 만나게 되나요?

6. 여인숙 주인 테나르디에는 어떤 사람이었나요?

7. 장콜보의 집에서 도망쳐 나온 장발장과 코제트는 자벨을 피해 다니다가 높은 담장을 넘게 됩니다. 그곳은 어디였나요? 또 거기에서 누구를 만나게 되었나요?

_____

_____

8. 장발장을 만난 자벨이 다음과 같은 감정을 느낀 것은 무엇 때문인가요?

> 자벨은 몹시 혼란스러웠다. 지금껏 지켜 왔던 마음속의 고집스럽고 단단한 성벽이 모래성처럼 무너져 내리는 것을 느꼈다.

_____

_____

9. 정부군과 혁명군이 전투를 벌일 때 장발장은 왜 마리우스를 구하러 나섰을까요?

_____

_____

10. 마리우스가 코제트의 집을 찾아갔을 때 다음과 같은 상황이 벌어져 있었습니다. 이런 상황이 일어난 이유는 무엇인가요?

마리우스가 코제트의 집에 도착해 보니 창문은 모두 닫혀 있고 집 안은 쥐 죽은 듯 고요했다. 마리우스는 크게 소리를 지르며 코제트를 찾았지만 누구 하나 내다 보는 사람이 없었다. 벌써 영국으로 떠나 버린 것이 틀림없었다.

_____

_____

_____

11. 마리우스의 아버지가 나가서 싸운 전쟁은 무슨 전쟁인가요? 테나르디에는 그 전쟁에서 마리우스의 아버지와 어떤 관계를 갖게 되었나요?

_____

_____

_____

1. 장발장은 감옥에서 나오자마자 올바른 삶을 살고 싶었을 것입니다. 그러나 현실은 그렇지 않았습니다. 식당에서 밥 한 끼조차 사 먹을 수 없었고, 결국 자신에게 선을 베푼 신부의 은그릇을 훔치는 범죄를 저지르게 되었지요. 무엇이 그를 또다시 범죄를 저지르게 만들었을까요? 요즘의 현실과 빗대어 적어 보세요.

2. 다음은 마들렌이 장발장이란 사실을 알고 잡으러 온 자벨과 장발장이 나눈 대화입니다. 이 글을 읽고 자벨의 태도에 대해 어떻게 생각하는지 써 보세요.

> • "이봐, 자벨! 부탁이 있네. 사흘만 시간을 주게. 저 가엾은 여인에게 딸을 데려다 줘야 하네. 미심쩍으면 함께 가도 좋아."
>
> • "뭐라고? 딸을 데려와 무릎을 꿇고 빌어도 소용 없어!"
> 그는 날카로운 눈초리를 번득이며 마들렌을 향해 슬금슬금 다가오더니 갑자기 멱살을 움켜쥐었다. 그의 얼굴은 분노와 비웃음으로 가득했다.

3. 이 작품이 우리에게 주는 교훈은 무엇일까요?

4. 다음 글을 읽고 장발장의 심정이 어땠을지 생각해 보세요. 또 내
   가 만일 장발장이었다면 어떻게 행동했을지도 써 보세요.

마들렌은 가만히 앉아 생각에 잠겼다. 자신과 생김새가
닮았다는 이유 하나로 샹 마티유라는 사람이 평생 감옥
에서 살아야 한다고 생각하니 마음이 무거웠다.
'어떻게 해야 하나. 모른 체하고 마들렌으로 살 것인가,
아니면 진실을 밝혀 그를 구할 것인가…….'

5. 다음은 포로가 된 자벨 형사를 만나 장발장이 한 행동입니다. 이 글을 읽고 장발장의 행동에 대해 어떻게 생각하는지, 나라면 어떻게 행동할지 써 보세요.

"자, 어서 날 죽여라."
장발장은 아무 말 없이 총 대신 칼을 꺼냈다.
"그 칼로 할 텐가? 그것도 나쁘지는 않군."
자벨이 비아냥거렸지만 장발장은 입을 꾹 다문 채 그의 허리와 손에 묶인 밧줄을 끊었다.
"자, 이제 당신은 자유의 몸이오. 어디를 가든지 마음대로 하시오."

6. 다음은 테나르디에에 대한 설명입니다. 이 설명을 읽고 테나르디에가 등장하는 장면을 하나하나 구체적으로 나열하면서, 그의 삶이 우리에게 주는 메시지를 나름대로 정리해 보세요.

> 테나르디에는 원래 돈 생기는 일이라면 물불을 안 가리는 사람이었다. 그는 젊었을 때 워털루 전쟁터에서도 밤이면 막사를 몰래 빠져나와 죽은 병사들의 옷을 뒤져 돈이 될 만한 물건을 훔쳤다.

7. 이 책을 쓴 빅토르 위고에 대해 알아봅시다. 그리고 이 책이 씌어진 배경과 그 당시 프랑스의 상황에 대해서도 알아봅시다.

 풀이

이해 능력 Level Up!

1. 3)　　　2. 2)　　　3. 5)　　　4. 1)　　　5. 2)

6. 5)　　　7. 4)　　　8. 3)　　　9. 1)　　　10. 3)

11. 1)　　　12. 5)　　　13. 1)　　　14. 2)　　　15. 2)

논리 능력 Level Up!

1. 배고픔과 굶주림에 떨고 있는 조카들을 떠올리며 빵 가게의 유리문을 깨고 빵 한 조각을 훔친 죄 때문이었다.

2. 죄를 뉘우치고 정직한 사람이 되기를 바라는 마음에서 왜 은촛대도 가져가지 않았느냐고 말했다. 신부는 장발장이 부디 착하고 바르게 살면서 사랑을 베풀 줄 아는 사람이 되기를 빌었다.

3. 그는 포슐르방 노인으로, 장발장 때문에 자신이 경영하던 구슬 공장의 문을 닫게 되어 장발장을 미워하고 있었다.

4. 팡틴에게 코제트를 데려다 주는 일이다.

5. 어두운 밤, 코제트가 숲에서 물을 길어 오는데 우연히 길에서 마주친 장발장이 애처롭게 생각한 나머지 물통을 들어 주었다.

6. 코제트를 기르며 돈을 떼어먹고 선량한 사람들을 속여 재물을 우려
   내려 한 욕심 많은 사람이었다.

7. 수녀원이었으며, 그곳에서 정원지기로 일하고 있는 포슐르방 노인
   을 만난다. 포슐르방은 전에 장발장이 목숨을 구해 준 적이 있는
   사람이다.

8. 자신을 미워해 없애고 싶어 하는 줄 알았던 장발장이 목숨을 구해
   주었기 때문에.

9. 마리우스를 진심으로 사랑하는 딸 코제트의 행복을 위해서였다.

10. 왕당파에 반대하는 공화당파 사람들의 저항이 거세지자 경찰이 공
    화당파 사람은 물론 조금이라도 관계가 있는 사람을 모조건 잡아들
    였기 때문이다.

11. 워털루 전쟁이었다. 테나르디에는 쓰러져 있던 마리우스 아버지의
    옷을 뒤져 돈을 찾아내려 했으나, 마리우스의 아버지는 자신을 구
    해 준 것이라 착각하고 그를 은인으로 여긴다.

논술 능력 Level Up!

1. 예시 : 장발장은 전과자인 자신을 바라보는 사회 곳곳의 차가운 시
   선과 부딪히게 된다. 새로운 생활에 적응하려 해도 받아 주는 이가
   없으니 절망할 수밖에 없었을 것이다. 요즘은 사회가 더욱 메말라

서 한번 잘못을 저지른 사람들에 대한 편견이 심해 손가락질하고 피하기 일쑤다. 우리는 그런 사람들이 새로운 삶을 살아갈 수 있는 바탕을 마련해 주어야 한다. 그래야 더욱 좋은 사회가 될 것이다.

2. 예시 : 자벨은 죽어 가는 팡틴을 위해 코제트를 데려오는 일을 허락해 달라는 장발장의 애원을 매정하게 뿌리친다. 정말 인정이 없는 행동이다. 그렇지만 사람 자체가 나빠서가 아니라 너무 엄격하게 법을 지키려는 마음에서 나온 행동 같다. 법을 지켜야 하는 것은 당연한 일이지만, 사람 사이의 인정도 중요하다고 생각한다. 자벨이 그 사실을 깨달았다면 그런 행동은 하지 않았을 텐데, 안타깝다.

3. 예시 : 이 이야기는 정직하게 살려는 마음과 진정으로 남을 사랑하는 마음, 그리고 용서하는 마음 등이 얼마나 중요한지를 깨닫게 해 준다. 또한 사랑과 용서는 받는 사람보다 베푸는 사람을 더욱 행복하게 한다는 점을 다시 한 번 깨달았다.

4. 예시 : 다른 사람이 대신 자신의 죄를 뒤집어 쓰고 벌을 받는다는 사실에 장발장은 무척 갈등했을 것이다. 또 모든 이에게서 존경받는 입장에서 자신의 어두운 과거를 밝히기란 쉽지 않았을 것이다. 모든 것이 무산될 처지에 놓이게 될 테니 말이다. 나라면 장발장처럼 행동하지 못했을 것이다. 나만 입을 다물고 있으면 아무도 모르는 일이었으니 굳이 나서서 자신의 정체를 밝히지 않았을 것이다. 갈등은 했겠지만, 그냥 모른 척하고 있으면 모든 일이 해결될 테니 괴로운 마음을 꾹 누르고 가만히 있었을 것 같다.

5. 예시 : 자벨 형사는 자로 잰 듯 원칙만을 중요시하며 살아온 사람이
   었다. 그래서 악착같이 장발장을 붙잡으려 애썼다. 너무나 지긋지
   긋했을 것 같은데도 장발장은 자벨을 용서해 주었다. 자벨만 없어
   지면 편히 살 수 있는데도 풀어 주고 용서한 장발장의 행동은 정말
   로 훌륭하다고 생각한다. 그런 행동은 진정한 용서가 무엇인지 아
   는 사람만이 할 수 있는 행동이다. 만일 내가 장발장이었다면 그냥
   살려 주긴 하겠지만 완전히 용서할 수는 없을 것 같다.

6. 예시 : 테나르디에는 워털루 전쟁에서 전사자들의 옷가지들을 뒤
   져 돈을 훔쳤다. 뿐만 아니라 마리우스의 아버지를 구한 영웅인 척
   거짓 행동을 했다. 팡틴의 딸 코제트를 대신 기르면서 돈을 떼어먹
   었고, 코제트를 마구 부려먹었다. 그리고 돈이 없는 것처럼 행세
   해 가족들을 시켜 구걸하도록 했고, 장발장의 정체를 알아차린 후
   에는 그것을 미끼로 돈을 요구했다. 마지막으로 장발장이 마리우
   스를 죽인 것으로 잘못 알고는 그 비밀을 팔아 돈을 벌려고까지 했
   다. 한 마디로 앉으나 서나 돈밖에 모르는, 참으로 욕심 많고 거짓
   된 사람이었다. 그러나 그가 과연 행복했을까? 그렇지 않았을 것
   같다. 테나르디에의 행동을 통해 정직하고 바르게 살 때 비로소 행
   복은 찾아온다는 것을 깨달았다.

7. 예시 : 이 책을 쓴 빅토르 위고는 1802년 프랑스의 브장송에서 태어
   나 어릴 때부터 어머니를 따라 도서관에 다니면서 많은 책을 읽었
   다. 열다섯 살 때는 아카데미 프랑세즈 콩쿠르, 열일곱 살 때는 툴
   르즈 아카데미 콩쿠르에 시를 응모하여 입상했다. 루이 나폴레옹이

쿠데타로 제정을 수립하려 하자 이를 반대하다 영국 해협의 작은 섬으로 쫓겨나 19년 동안 망명 생활을 하기도 했다. 『장발장』은 이때 쓴 소설이다. 그의 작품은 주로 인도주의 사상을 담은 것으로 많은 사람들로부터 사랑을 받았다. 특히 『장발장』에는 공화당이 낡은 사회 제도를 버리고 새로운 사회를 만들려 한 당시 프랑스의 상황이 잘 나타나 있다.

초등학생이 꼭 읽어야 할 세계 명작 시리즈